官能小説 —

嫁だめしの夜

梶 怜紀

竹書房ラブロマン文庫

目次

この作品は、竹書房ラブロマン文庫のために
書き下ろされたものです。

第一章　とろけ堕ちる女子アナ

1

（ついに今日から、嫁選び開始だ……）

澤村博之《さわむらひろゆき》はドアの前に立って、緊張していた。

（ほんとうにこの中で、あの高槻水希《たかつきみずき》が待っていてくれるのだろうか？　それも自分の嫁候補として……。ちゃんと夕飯を用意して、一緒にお風呂に入ってくれて、ベッドの中では夫婦の営みをしてくれるのだろうか……？）

高槻水希は十年ほど前、中年男性の間で人気が高かった女性アナウンサーである。

当時三十三歳の博之にとって、かつかつの生活の中で唯一の癒しが、夜のニュースショーのサブキャスターとしてニュースを読む水希を見ることだった。

その水希がこのドアの中で待っていると思うだけで、動作がぎこちなくなってしまう。

〝ピンポーン〟

何とかチャイムを押した。

「お帰りなさいませ、旦那様」

待つこと五秒。ドアが開けられると、憧れの高槻水希が顔を覗《のぞ》かせた。もう三十五になったはずだが、美貌は健在だった。

(本物の水希がいる……)

「た、ただいま」

それだけは何とか言えたが、あとは感動で声にならなかった。

「緊張なさらないでくださいね。あ、な、た……。お鞄を下さいな」

「は、はい」

博之はぎこちない様子で鞄を水希に手渡した。

(中学生みたいに緊張しているよ……、情けないなあ……)

リビングに入るなり、水希が振り向いた。

「ご飯もできていますし、お風呂も沸いています。どちらを先になさいますか?」

「ご、ご飯を……」

メニューはぶりの照り焼きに煮物、みそ汁に漬物、といった家庭料理だ。

「お酒を召し上がりますか？」

「じゃあ、ビールを……」

水希はよく冷えたグラスを出してくれた。缶ビールのプルトップを開けると手ずからお酌をしてくれる。それだけで感激だ。

「水希さんも飲みますよね。さあ、グラスを持って……」

「乾杯！」

グラスがかちりと当たった。

「ああ、美味《うま》い！」

思わず声が出る。水希に注《そそ》いで貰《もら》ったと思うと、それだけで格別美味になったような気がする。

食事もおいしかった。博之は若い時から定食屋の常連で、これまでほとんどが外食の生活だった。

ぶりの照り焼きも時々は食べていたが、定食屋のおかずで作りたてのものを食べる機会はない。だから、こうやって水希の手料理を食べてみると、作りたての普通の家庭料理ってなんて美味いんだろう、って思ってしまう。

更《さら》に水希が素晴らしいのは、アナウンサーということもあるのだろう、人の話を引き出すのが上手《うま》いのだ。食事の会話をこんなに楽しめたのは記憶にない。最初の緊張はどこに行ったのか、食事が終わるときには、博之の気分はすっかりくつろいでいた。

(俺って、なんて幸せな奴なんだ)

博之は既に水希にメロメロだった。

夕飯が終わると水希が声をかけてきた。

「あなた、お風呂をお先にどうぞ」

「えっ、一人で入るのぉ。いやだな、水希も一緒に入ろうよ」

本当なら絶対言えないことが、すっと言えてしまった。

「分かりましたわ。一緒に入りましょ。でも、ちょっといろいろありますので、お先にどうぞ。水希もすぐに参りますから」

そう言われれば仕方がない。一人で浴室に入った博之は、掛け湯をして湯船に入る。

(凄く楽しかったけど、まだ水希とは全然触れていないな……)

博之は帰宅してから水希にいろいろ世話されたものの、キスはおろか、まだ手すら握って貰っていない。しかし、憧れのアナウンサーに自分から要求できなかった。

（お風呂では絶対洗いっこやって、キスもしてやるんだ。彼女は、今晩セックスすることは分かっているんだ。だったら、今から前戯したいよな……）

そうつらつら思っていると、外から声が掛かった。

「博之さま、失礼します」

身体をタオルで隠して水希が入ってきた。

「ワオーッ」

思わずバスタブから飛び出した。

「恥ずかしいから、そんな声を出さないでください」

「だって、あの高槻水希が、裸でそこにいるんだよ。僕らの世代で、声を上げない男なんて絶対にいないよ。さあ、タオルを取って裸を見せて、見せて」

「恥ずかしいですぅ」

タオル一枚の女子アナが頬《ほお》を赤らめる。

「駄目だよ。夫婦になったら、嫌でも全部お互い見せ合うんだ。今日からその予行演習なんだから、お互い隠すのは禁止。さあ、タオルをこっちに渡すんだ」

「ああん、強引なんだから」

仁王立ちになった博之の裸をちらっと見てから、水希は身体に巻き付けたタオルを外して渡してくれた。適度に脂《あぶら》の乗った熟女のヌードが浴室のライトの下に晒《さら》される。

恥ずかしげに手で乳房と股間を隠そうとする水希。

「駄目、駄目、ちゃんと見せてくれなきゃ。手を後ろに組んで胸を張るんだ」

「恥ずかしいのになあ……。こ、これでいいの？」

恥ずかしながらも、博之の要求に応えてくれる。セクシービーナスの過不足のない裸体が、目の前に露《あら》わになる。

「うん、最高のヌードだよ」

「ううん、太ったのよ……。この歳になると、一度太ると痩せないの……」

確かにテレビで見ていたころはもっとスリムな印象だった。しかし、これぐらいボリュームがある方が博之の好みだ。

「おっぱいも大きくなったんじゃない？」

「うん。昔はFカップだったけど、今はGカップ」

「G？　凄いじゃん。触ってもいい？」

「うん、いいよ……」

ちょっと下がった乳房を下から支えるように持ち上げる。

「ずっしりと重くて、凄くいい感じ」

「そうでしょ。おかげで肩こりとはさよならできないの。でもね、博之さんは大きいおっぱいの方がいいわよね。あたしも巨乳でよかったと思うようにしているの……」

「そりゃそうだよ。でも、あの高槻水希がここまで巨乳だって知っている男は少ないだろうな。何人ぐらいに見せたの？」

「ああん、そんなこと言えないよ……。それより、身体を洗わなきゃ」

「そうだね」

水希はボディソープを掌《てのひら》に取ると泡立てた。それをボディスポンジに移す。

「あ、な、た、洗って差し上げますわ」

相対すると、胸から洗い始める。股間を除いてシャボンを擦《こす》りつけると、今度は足だ。足の指から上に向かって付け根まで洗ってくれる。

「うふふふ、おち×ちん、こんなに大きくなっている」

水希が亀頭の先端を指先で「つん」と突いた。

「だって、憧れの高槻水希がヌードで僕の身体を洗ってくれているんだよ。興奮しないわけがないよ」

「そうなんだ。じゃあ、今度は背中を洗うから、反対を向いて……」

（なんだ、このままお股を洗ってくれるのかと思ったら、洗ってくれないんだ）

期待とは違ったが、ここは任せるしかない。背中が擦られるのが気持ちいい。

お尻まで洗われると、突然、股間から水希の手が伸びてきた。そのまま逆手で肉棒を握りしめる。

「おおっ！」

思わず声を上げる。

「ビックリした？」

「そりゃ、驚くよ。突然、何も言わずに、こんなところから手が出てくるんだから」

「サプライズもいいでしょ？」

ゆっくり手で扱《しご》き始める。シャボン塗《まみ》れの手がスムーズに動く。

「うふふふ、博之さんのここって、本当に大きくて、硬いんだ……」

「ううっ、そんなことないと思うよ」

「そうかな？　ベッドの中では期待できそうだけども……」

博之は水希が淫靡《いんび》な微笑《ほほえ》みを浮かべるのを見て、あやうく達してしまいそうになるのを耐え、ベッドでの期待を高まらせる。

水希が身体に付いた泡を洗い流してくれた。

「湯壺で温まります？　それとも、もう出られます？」

「あれ、水希は洗わないの？」

「博之様が出られたら、自分で洗います」

「駄目だよ、それは。夫婦が一緒にお風呂に入ったら、洗いっこするもんだよ」

「そうなんですか？　じゃあ、旦那様よろしくお願いします」

水希が背中を向けて風呂椅子に座った。

「シャワーの温度は大丈夫かな？」

「はい、ちょうどいいです」

博之が水希のシャワーを浴びせかける。それから背中をスポンジで擦り始めた。

「どう、強すぎない？」

「大丈夫です。ちょうどいいです」

大好きだったアナウンサーが自分に背中を預けてくれるのが嬉しい。しかし、博之はこれで終わらせるつもりはない。

「さあ、次は胸を洗うね」

「あっ、それは……」

水希がわずかに抗いをみせるが、彼女は選ばれている立場だ。今、自分に嫌われるわけにはいかないはずだ。

博之は断りの言葉に耳を貸さず、後ろから乳房を鷲摑《わしづか》みにした。たわわな巨乳を手で味わうように、ねっちりと揉《も》み始める。

「ああん、それ、洗っているんじゃありません」

「そうだよ。おっぱい揉んでるの。僕の奥さんになる人は、エッチな人が条件だからね。おっぱい揉まれるのが好きじゃないとね」

そう言って笑ってみせた。

「水希はエッチなことが好きでしょ？　おっぱい揉まれるのも好きだよね」

「そ、それは別に嫌いじゃあないですけど……」

嫌だと言えないことをいいことに、博之は嵩《かさ》にかかる。憧れのアナウンサーにセクハラ行為を公然とできることに博之は興奮している。

「ほら、乳首がぷっくりしてきたよ。僕に身体を洗ってもらう奥さんは、洗われているうちに気持ちよくなってくるんだよ。それって水希、好きだろう。好きならば、はっきりと僕に教えてよ」

「ああっ、水希は、旦那様におっぱいを揉んでもらったり、身体を洗ってもらうのが、す、好きです。でも、そんなにされちゃうと……」

「どうかなっちゃいますか？」

博之は乳房愛撫に余念がない。

「ああっ、博之さま、おっぱい揉むの上手なんだもの……、こんなにされたら、ああっ、気持ちいいの！」

博之は女子アナを喘がせて満足する。掌を広げて、乳房を回すように擦った後、胸から腹にかけて洗っていく。

「立って」

上半身全体を泡だらけにすると、水希を立ち上がらせた。

「おっぱい以外のところも綺麗《きれい》にして、気持ちよくなって貰いますね」

「いや、そ、それはいいです」

シャワーの勢いを強めた。後ろから水希を支えたまま、シャワーを股間に当ててやる。

「あっ、き、気持ちいい」

腰が砕けそうになる水希をバスタブの縁《ふち》に座らせた。博之はその前にしゃがみ込み、彼女の足をつかんで、ぐいと開かせた。濃い目の陰毛が目《ま》の当《あ》たりになる。

「ああっ、そこは……」

「閉じちゃだめですよ。これからそこをしっかり洗うんですから」

「でも、ああっ、ああん」

「僕の妻になるということは、オマ×コを晒しなさい、って僕が言ったら、いつ何時《なんどき》でも見せる、ということなんですよ。さあ、自分で足を押さえて、見せてください」

「ああっ、恥ずかしい」

水希は俯《うつむ》いた。しかし、開いた股間を閉じることはなかった。

博之は中を覗き込んだ。

剛毛の陰毛の下に鮮明な女の園が認められた。

（これが、高槻水希のオマ×コ）

陰唇は肉厚だが小ぶりで、色素沈着は割とある方だろう。しかし、中心は小さく開き、中の赤い肉片が美しく顔を覗かせている。

「水希は顔も美人だけど、オマ×コも美人だね」

「ああっ、恥ずかしいこと、おっしゃらないで……」

「何も恥ずかしくないよ。ほらっ」

博之は舌を伸ばすと、中をひと舐《な》めした。

「ああっ、穢《きたな》い。そんなとこ、舐めないでください」

「穢いから綺麗にしているんですよ。さあ、足を踏ん張っていてください」

水希の尻を両手で押さえ、陰唇から狭間《はざま》に向けて舌を動かしていく。

「ああん、まだちゃんと洗っていないから……」

「だから、エッチでいいんじゃないんですか……」

スケベな中年を演じながら、美女アナウンサーの狭間をなぞり上げる。肉唇のあわいは舐めるごとに柔らかくなって、広がっていく。それと同時に、中から湧き上がる粘液が舌を潤《うるお》すのだ。

「あっ……、あっ……」

眉間に皺を寄せて目を瞑《つむ》った美女は、股間を震わせながら、恥ずかしげな声を出す。

その声に勢いのついた博之は、次第に膨張《ぼうちょう》してきたクリトリスにも舌を伸ばしていく。

クリトリスを激しく舐《ねぶ》ると、水希の声が切羽詰まってきた。

「んあああっ、や、やめてっ……、そ、そこ、か、感じるぅ……」

博之にとって、この声こそが更なる攻勢の力の源だ。

しかし、水希には限界だったようだ。股間にある男の頭を太股で締め付け、息も絶え絶えに言った。

「お願いです。お願いですから、あとはベッドで……」

「よし分かった。ベッドに行こう……」

二人は裸のまま、もつれあうようにしてベッドに向かった。

2

四十三歳の、なんの変哲もない中年男である澤村博之が、美人女子アナの高槻水希とこんなイチャイチャ生活を始めたのは、水希が博之の開催されている『嫁選びコンテスト』に応募してきたからだ。

博之は大学を卒業してから全然いいことはなかった。

工学部で情報工学を専攻。大学院まで行って就職活動を始めたが、当時は不況だったということもあって、大企業から中堅企業まで軒並み連敗。

派遣会社に登録して働くよりはまだましと自分でウェブデザインの会社を立ち上げたが、廻ってくる仕事は、大手の会社の下請けばかり。会社を維持する経費を除くと、自分一人分の給料すら出ない月も多かった。

それでも何とか続けてこられたのは、博之の仕事が丁寧で、彼を指名する注文がある程度来るからだ。また、自分さえ食べられればいいやと割り切って、仕事の規模を大きくしなかったのもよかったと思っている。

そんな博之の状況が激変したのは、今年の元日のことだった。ネットニュースを見ていたら、年末ジャンボ宝くじの当選番号が掲載されていた。

(そう言えば、宝くじ、買ってたな)

博之は来年に向けての景気づけに、年末ジャンボを十枚だけ買う。いつも連番。もちろん最下位の七等以外は当たったことがない。今年も当たるわけがないと思いながら、一等から確認していく。

「一等は、九十六組の十二万二千二百三十四番だから、俺のは何番だ？　九十六組の十二万二千二百三十四番。そうか、やっぱり駄目か……。と、とんでもない、当たっているよ。あ、あり得ないよ」

最初は心臓が止まるほどに驚いた。十億円などという大金、現実感がなさすぎる。しかし、それは事実だった。とにかく三百万円だけ下ろして豪遊した。最高級のレストランで食事をし、酒をたらふく飲んだ。

それから一流ホテルに泊まり、今までは行ったことのない、二時間十万円クラスの最高級ソープに三日とあげずに通った。

しかし、その三百万円がなくなるころ、虚しさだけがつのった。安全のことを考えると、宝くじが当たった話は誰にもできない。お金さえ払えば、キャバクラでちやほやされるのは間違いない。しかし、そんなのは一夜の夢に過ぎない。

(さくらだって、いなくなる時は何も教えてくれなかったものな……)

さくらとは、数年前に博之が贔屓《ひいき》にしていたソープ嬢だ。入るといつもイチャイチャと博之の好むサービスをしてくれて、気持ちが通い合っているのではないかと思ったこともあるが、現実は違っていた。

突然退店して、その後は全く音沙汰が無くなった。

お金は活かして使わなきゃ、と目が覚める思いだった。

(嫁が欲しいなあ……)

痛切に思うが、博之は女性関係は本当に縁が薄い。

学生時代はコンピュータオタクで、女の子はほとんど近づいてきてくれなかった。

風采も決して良い方ではなく、そのくせ生意気にも、仲間内では面食いの巨乳好きを公言していたから、モテるはずがなかった。

更に、会社を設立してからは、仕事の締め切りと金策に追われる毎日で、とても恋人づくりにまで手が回らなかった。

また年を取ってくると、わざわざ彼女を作るのが面倒くさくもなってくる。

性欲は人並み以上にあったが、その処理だけだったら、風俗で十分だ。

月に一回のペースで通うのが、もう十年以上続いている。

昨年まではそれが分相応だと思っていた。

しかし、こうやってお金ができてみると、一人暮らしが寂《さび》しくなる。

しかし、素人女性に免疫《めんえき》がなくどうしたらよいか分からない。

そこで、結婚相談所の「ワビオ」に足を運び、最高の女性を嫁にできるプランがないかと相談した。

「お金はかかりますが、超ＶＩＰプランがございます」

応対してくれた営業所長は声を潜めて言った。

そのＶＩＰプランとは、数名の女性と一緒に暮らしてみて、自分にあった女性を選ぶ、という今回の仕組みだ。

最初に自分の好みなど女性に関する条件を伝えると、ワビオが自社及び業界のネットワークを使って、条件に合った女性を十数人ピックアップしてくれる。

彼女たちは、博之に対して、結婚したい意思を伝える手紙を書いてくれる。その手紙と彼女たちの写真から、数人を選択して、一緒に暮らしてみて比較検討するのだ。

試験期間は二週間から三週間。その間は女たちには別々の部屋に住んでもらい、博之が毎晩、誰かの部屋に通うことになる。

毎日違う部屋に帰ってもいいし、何日間か同じ部屋に滞在しても構わないという。

「女性は、奥様としてすべきことを澤村様にいたします。食事の世話であるとか、お洗濯やお風呂の世話などもいたします」

博之はどきどきしながら訊いた。

「ひょっとして、夜は同じ布団で寝られるの？」

「はい、もちろんです。それが奥様の勤めですから。澤村様は、夜の営《いとな》みを含めた全体を見て、自分にふさわしいと思う女性を選んでいただくことになります」

「女性の方が嫌がりませんか？」

「澤村様は、ネットビジネスで成功した実業家として紹介します。この超ＶＩＰプランにお申し込みされる方は、そういう方に決まっていますので、女性の方は興味を持って集まってきます。その集まった方々に説明会できっちり説明して、納得いただいた方のみが参加するようにいたします」

「私はネットビジネスの成功者ではないですけど……」

「まあ、そこは方便です。ある程度は盛《も》らせていただいて、皆さんが澤村様のことが素敵だと思えるように仕向けます」

真のＶＩＰプランということで、かかる費用は莫大だ。しかし、今の博之にとって気になるような額でもなかった。

「しかし、本当に素敵なお嫁さんを貰おうと思ったら、これぐらいのことはやりませんと……」

そう言われてしまうと、断れなくなってしまった。

博之が出した条件は二つあった。

一つ目は、三十代限定であること。もう一つは巨乳である。最低Eカップとした。

ワビオは、同業他社のネットワークも使って、さっそく条件に合う五十人をピックアップしてダイレクトメールを送った。

このうち、実際《じっさい》に説明会に参加したのが十八人。しかし同居して選ばれる、というやり方が納得できなかった八人が抜け、手紙を書いてくれたのが十人だった。

その中から博之は最終的に四人を選んだ。

最初は三人のつもりだった。それを四人にしたのは、高槻水希が応募してきたからだ。

水希は博之にとっては憧れの女性だった。博之が仕事で最も大変だった十年前、水希は高飛車キャラの美人アナウンサーとして一世を風靡していたのだ。

クールな美貌と、その顔立ちに似合わない巨乳が、世の男性をイチコロにした。

博之も例外ではなかった。

(俺だって、会社が上手くいくようになったら、こういう美人アナウンサーと付き合える機会がきっとあるんだ……)

夜遅く、事務所兼用のマンションで、カップラーメンをすすりながら、彼女の出演するニュースショーを見て、自分を励ましていた。

その水希ももう三十五歳。典型的な美人アナウンサーで鳴らしたが、結局売り物が若さと美貌しかなく、年を取るにつれて出番が少なくなってきた。三十歳でフリーに転身したが、あまり仕事に恵まれず、ここ最近はテレビで見かけることもなかった。

その水希が、思いがけないことに自分の相手に応募してくれたのだ。かつての美貌は写真を見る限り全然衰えていなかった。博之は少年のように胸が高鳴ってしまった。

とはいえ、水希が自分の妻になるというのは、あまりにも現実感に乏しい。

第一、バリバリのキャリアウーマンで鳴らしてきた水希が、主婦として自分の家を守ってというのは、全く想像がつかない。

果たして彼女と結婚できるのか、不安はあったものの、

(あの水希とエッチできる!)

それだけは間違いないのだ。若くて貧乏な頃、水希をオカズにして、オナニーして

いたころが懐かしい。

この機を逃せば、水希とセックスできる機会は二度とないだろう。そう思うと、やはり落とすのはあり得ない。博之は水希を別格として、更に三人選ぶことにした。

まず選んだのは、山口《やまぐち》絵里《えり》という女性だ。小さな華道の家元のお嬢様で、家の居心地が良くて婚期が遅れたらしい。三十七歳。今は自宅で華道教室をやっているという。

美人であるのは当然だが、顔立ちが和風で、落ち着いた雰囲気が良い感じだった。家事万端免許皆伝、というアピールポイントにも惹《ひ》かれた。また、手紙の字が一番きれいだった。内容はありきたりと言ってよいものだったが、ペン習字でも習ったのかな、というような字に博之の目が釘付けになった。

二人目は、蓮杖《れんじょう》麻耶《まや》である。三十歳。都内の短大の准教授だという。今回の応募者の最年少。東大の大学院まで卒業した国文学者だが、見た目はかつて博之がかよった風俗嬢に似た童顔で、その顔立ちとは全然アンバランスなスタイルに惹かれた。

作文は楷書《かいしょ》できっちり書かれ、内容も論理的で読みやすく、実際に結婚したら尻に敷かれそうだけれども、それでも興味がある。

最後が山村《やまむら》麻衣子《まいこ》三十八歳。未亡人だという。夫は一流メーカーの技術者だったそうだ。人妻だったというちょっと崩れた身体と憂いのある表情が魅力的である。

（別に初婚の女はいっぱい居るのだから……）

とも思ったが、結婚経験があって、家事もやり、夫との生活を送ってきた人の方が、自分のように家庭に安定を求めたい男にとって、ふさわしい気もする。

作文にしっかり自分が未亡人である旨が書かれ、その控えめなちょっとミステリアスな雰囲気もいい感じだった。

四人にはほどなくして通知が届き、すぐに試験を行うマンションに引っ越してもらった。二週間前のことだ。家具・家電製品付きの広めの1LDK。同じ駅を条件に類似の物件を探して貰い、それぞれ四人に割り当てる。

寝室には同じタイプのダブルベッドを入れたし、リビングのソファーやダイニングセットも同じものを用意した。

その上で彼女たちには一人当たり現金で五十万円を渡してある。このお金が生活費だ。もちろん自分の使用していた衣類や小物を持ち込むのは構わないが、それ以外はこの費用で生活してもらう。そこで彼女たちの金銭感覚も見るのだ。

参加者には他の三人が誰であるか、どこに住んでいるかを教えていない。ただ、試験は同時に行《おこな》っていることは言ってある。

即《すなわ》ち、博之が毎日どこに帰るかを決めるのだ。午後三時までにどの家に帰るかを決めて、帰宅予定時間をメールで連絡するルールになっていた。

博之は帰る家が変わる以外、普段の生活を全く変えないつもりだ。会社の仕事はこのために新たに雇い入れたバイトが手伝ってくれている。毎日六時過ぎには帰れるだろう。朝も八時前に出ればいい。

毎日十四時間彼女たちといるつもりだ。その間どうもてなしてくれるのか。

(でも本当に、俺のことなんか好きになってくれるんだろうか?)

そんな不安も尽きない。

そうして、嫁選びの初日である今日のちょうど午後三時。不安と期待に苛《さいな》まれながら、博之は、最初の帰宅メールを水希に出したのだった。

3

高槻水希は瀬戸際にいた。

十三年前、東京キー局に採用された時は、稀代《きたい》の美人アナウンサーと言われ、入社半年でレギュラーを持ち、一年後にはもう局の看板アナウンサーだった。

抜群のプロポーションと怜悧《れいり》な語り口は男性に爆発的人気を得、男性週刊誌の男が好きなアナウンサー投票で、三年連続一位に選ばれた。

（あの頃が一番良かったわ……）

どこに行ってもちやほやされ、イケメンのお笑いタレントとも浮名を流したのだ。

しかし、その絶頂期は長くなかった。その人気が自分の実力だと勘違いしていた。敵も多く、普通なら漏《も》れないはずの社内不倫が週刊誌に書かれ、独立せざるを得ないように追い込まれ、それとともに人気もガタ落ちしていった。

週刊誌のグラビアで水着姿も披露したが、「痛い」とネットで叩かれた。もともと女性に不人気だったのも災いし、仕事はあっという間に激減。今はレギュラー番組がゼロだし、単発の依頼もめっきり減少した。

そんな自分がテレビ界に復讐・復活するためには、お金持ちと結婚して、主婦タレントとなって見返してやるしかない。

澤村博之はその点、うってつけだった。

ネットビジネスの成功者という話だが、マスコミには登場していなかった。水希も今回の「嫁選び」の話を聴いて初めて名を知ったほどである。

博之と結婚できれば、結婚記者会見をやってみせれば状況を変えられる。再度タレントとして復活できるかもしれない。

（絶対負けない……）

今回、誰が一緒に選抜試験を受けているのかは、全く説明がなかった。しかし、最初の説明会に来ていた女に、自分よりも美貌の女はいなかったはずだ。

（あたしがメロメロにしてやるのよ……）

希望の一番札は自分が引いた。

水希は博之を自分の虜にするために、徹底的に作戦を練って彼を迎えた。

今、入浴が終わり、水希は裸にバスローブだけを羽織って寝室に向かった。

（今のところはだいたい予定通りだわ。あとはセックスで完全に骨抜きにしてみせる……）

博之は寝室に入り、水希のセンスの良さに驚いた。

そのコーディネートは水希らしい無彩色のモノトーン。シーツもチャコールグレーだ。そのベッドに二人で腰を下ろす。

浴室であんなにされて、すでに博之に中年男の落ち着きはなかった。すぐにさっきの続きを始めるつもりで、水希を押し倒そうとした。

「ちょっと待ってくれる」

「えっ、どうしたの？」

「キスはしてくれないんですか？」

「してるじゃない。またこれからも、オマ×コにたっぷり……」

「そこじゃなくて、お口に……。だって、夫婦の練習なのに、博之さん、家に帰ってきてからまだキスしてくれていないんだよ……」

コケティッシュな流し目で見つめる。

博之も「お帰りなさい」のキスがないことは残念だった。しかし、自分から要求することはできず、なんとなく、今の時間になってしまったのだ。

(水希も自分とキスしたかったんだ……)

美女の手練手管かもしれないが、そう言われると嬉しい。

「そうだったね」

何とか答えて、顔をお互い向き合わせる。博之はキスの仕方を知らない。風俗でキスをすることはあっても、自分から迫ることはないし、そもそも風俗でキスをすること自体が滅多にないのだ。

まごまごしていると、水希が紅唇を開けて、舌をそっと伸ばしてきた。唇に接触すると同時に博之も口を広げた。二人はどちらからともなく舌と舌をすり合わせた。

(愛情を確認するようなキスだな……)

ゆったりとしたキスが心地よい。博之は水希の身体を抱きしめ、ぎゅっと引き寄せる。

「あなたぁ、つばをちょうだい」

水希は舌を引いて囁いた。

「つば？」

憧れの女子アナがそんなことを言うとは思わなかったので、思わず疑問の声を発したが、すぐに口内に唾液《だえき》を溜めて、それを水希の口に送り込む。それを啜《すす》ったかと思うと、『お返し』と言うかのように美女アナの温かい体液がトロリと流れ込んだ。

(水希はつばまでクールだな……)

マウスウォッシュの香りなのだろうか、仄かなミント臭が心地よい。

(主導権握られるかと思ったけど、何とか予定通りね。この男、全然ちょろいわ)

水希は腹の中で舌を出している。お風呂では乱れさせられてしまったが、何とか自分のペースに戻せた。あとは少しずつ焦《じ》らしながら、自分の思うように操る。

博之は、水希にとって生理的な嫌悪感を感じさせる男ではないのが助かった。

もちろんイケメンとは程遠い。会社社長というにはうらぶれた中年男だけれども、体臭が薄く清潔感があった。

水希の本来の好みから言えば、一〇〇パーセントストライクゾーンではないが、ちょっとはかすっているというところか。

話してみると、とてもウブであることも分かった。その動きのぎこちなさが、自分より八歳も年上なのに、年下を相手にしているような可愛らしさを感じてしまう。

これなら、セックスでメロメロにできる。さっきクンニでイカされそうになったにもかかわらず、水希は揺るぎない自信を感じていた。

落ち目になってから縁遠くなったものの、男性経験は豊富だ。ちょっと手練手管を使えば自分の言いなりになるに違いない。

(でも、おち×ちんは大きかった……)

博之はどこにでもいそうな中年男だったけど、ひとつ特徴的だったのは、類稀《たぐいまれ》なる巨根だったことだ。経験豊富な水希をして、こんな巨根を見るのは初めてだった。

セックスしたらどんな味わいなのだろう。興味が尽きない。水希は博之の唾液を味わいながら、作戦通り股間に指を伸ばしていく。肉棒を軽く包むと、ゆっくりと上下に扱き始める。

「むむっ」

指愛撫とキスに反応したのか、半勃《はんだ》ちだった逸物《いちもつ》がどんどん充血し始める。

（もっとリードして、骨抜きにしよう）

一度舌を引いてから、覆《おお》いかぶさるように唇を重ねて舌を差し込んでやる。中年男の頬の内側や、口蓋を舐めまわしてみせる。

女子アナの積極的なキスに耐えられなくなったのか、中年男の口から湿った音色《ねいろ》が零れた。

「んんんっ」

博之が呻《うめ》き、負けていられないと思ったのか、女の頭に手を回す。口中を縦横無尽に動く水希の舌に抗《あらが》うように、男の舌が巻き付いた。

（やだ、キス、上手じゃなかったはずなのに……）

確かにぎこちないのだが、男の温かな粘膜の感触が心地よくなっている。

抗うように舌を動かして博之の口の中の唾液を吸い取った。奪われた唾液を追いかけるように、博之の舌が自分の口の中に潜り込んでくる。中年男はしぶとい。博之が舌を使って攻め立てる。歯の裏側や喉元《のどもと》まで遠慮なく舌先が擽《くすぐ》る。

「あふん、くふん……」

声が漏れる。キスした男は多数あれど、こんな激しいキスをする男は知らなかった。自分の脳が蕩《とろ》けそうだ。

（あたしが気持ちよくなっちゃダメなのよ……）

しかし、このままキスを続けていたら、それだけでイッてしまうかもしれない。

水希は博之を制するように唇を外すと、男の身体に付いた水滴《すいてき》を舐め取るように唇を下に下げていく。もちろん肉棒を扱いている右手はそのままだ。

男の乳首に舌先が到達した。操るように刺激する。それに合わせるように肉棒の扱きのテンポを速めていく。

「ああっ、水希の手コキ、気持ち良すぎるよっ……」

口が自由になった男が感動の声を上げる。

（あたしも気持ちいいっ……）

結婚するかもしれない男だ。セックスが気持ちよくできるに越したことはない。しかし、初めて肌を合わせる男にここまで興奮するのは初めての経験だ。

（いやだ、あたしったら、欲情しているっ……）

ペニスがすっかり硬くなっている。それだけではない、太さも長さも一段とその威容を増している。

こんな肉棒を扱いたのは、今日が初めてだ。その大きさが怖い。でもその硬くて大きいもので、自分を滅茶苦茶にされたいと思ってしまう。

博之は気づいていないようだが、乳房までも火照《ほて》って乳首がぴくぴくと動き始めている。はしたないと囁く心の声を無視して、女の右手はペニスを強く絞り込んだ。

(凄い、カチカチ……)

牡《おす》の象徴はますます充血を高めている。雄々しき握り心地が最高だった。

唇はもうへその辺りまで下がっていた。もうすぐペニスに到達する。

(黙ってフェラしたら、淫乱みたいよね……)

と言って、ここまで来たらフェラチオしないなんてありえない。

そう逡巡しているときに助け舟を出してくれたのが博之だった。

「おしゃぶりしてくれるの……？」

「して欲しい？」

「そりゃねぇ……」

「うふふ。いいわよっ」

これで、自分の欲情を隠してフェラチオする口実ができた。既に跪《ひざまず》いていた水希は、亀頭をじっと見つめる。先端から先走りの透明な液が漏れ始めていた。

博之の手が、アップにした水希の髪に触れてきた。その撫でる様子が期待を感じさせる。

水希は亀頭の先端に「チュッ」と音を立ててキスをした。浮かんだ透明な雫《しずく》を掬《すく》い取る。

(美味しいわ……)

久しぶりのフェラチオだった。僅《わず》かに塩気を感じる牡の味は、女体の興奮を掻《か》き立てる。もう我慢できなかった。水希は大きく口を開けると、逸物を深々と頬張った。

(大きい。顎が外れそう……)

中年男のペニスなのに、二十代のように猛々《たけだけ》しい。半分ほど飲み込んだら喉につかえた。

(ああっ、もう無理。これ以上入らない……。お口の中が、博之さんのおち×ちんでいっぱい……)

しかし、博之はまだ入ると思っている。

「ああっ、水希にフェラしてもらえるなんて、夢のようだよ。もっと深く、根元まで飲み込んで……っ」

(求められれば仕方がないわね……)

そう言い訳をしながら、深咥《ふかぐわ》えする。喉に当たって嘔吐感を刺激されないように注意しながら、美貌を沈めていく。もう余裕がなかった。

それでも自分の情欲が、その奥を求めていた。吐き気を無視して強引に送り込み、鼻から息を抜いた。えずきそうになるのを、唾液を飲み込むことで何とか抑《おさ》える。

(これ以上はほんとうに無理。でも、根元近くまで行ってるよね……)

「凄い、すっぽり入った。ここまで飲み込める人、滅多にいないのに、水希、ありがとう」

博之が上で、感動の声を上げながら、大きく息を吐くのが聴こえた。

もう動かすことができないほどいっぱいになった口の感覚は格別だった。水希の興奮も高まる。もう股間の割れ目がぐしょぐしょだ。自分の指でかき回したい。

しかし、それは決してやってはいけない。

手が空いていると弄《いじ》ってしまいそうだ。水希は、ぶら下がった陰嚢《いんのう》を両手で持ち上げるようにする。それから柔らかな精巣を指先で挟み込み、同時に頬を窪ませて、深い位置で紅唇を上下に滑《すべ》らせる。

「ああっ、それっ、そんなことまで……っ」

中年男が少年のような声を出した。そこが可愛らしい。ちょっと熱心に動くと過敏に反応してくれる。水希は優しく陰嚢を揉みほぐしながら、分泌される先走りの液と自分の唾液をミックスしながら勃起に絡《から》めて、舌でねっとりと擦り上げる。

「ああっ、それ凄い、ああっ、高槻水希がそこまでするんだ……」

「だって、フェラチオって久しぶりで、博之さんのこれ、美味しいんですぅ……」

男の興奮が口の中に伝わる。先端からの興奮のしるしの分泌がさらに増した。

それに呼応するように口腔摩擦を激しくしていく。

(あたしがエッチだということを信じて貰えている……)

男に飢えているように貪《むさぼ》ってしまっている。自分がコントロールしようと思って始めたはずのフェラチオだったのに、抑制《よくせい》が利《き》かない。

中年男の巨根に、これほど夢中になるとは思ってもみなかった。咥《くわ》えているだけで乳房が火照り、腰が蕩けて愛液が滴《したた》る。口唇奉仕のみでここまで昂《たかぶ》った経験はない。

(こんなになるなんて、本当に博之さんのことが好きになってしまいそう……)

自分を取り戻すためにはフェラチオを止めればいいのだ。

しかし、熟女アナウンサーは、口唇奉仕にますますのめり込む。込み上げてくる嘔吐感に構わず、喉を擦りつけるようにしてしゃぶり上げる。唾液が泡となって隙間から滴り、肉根の付け根から陰嚢へ流れる。大胆な上下動で大きな乳房も震える。ちゅぶちゅぶという擦過音が淫欲を煽《あお》っていた。

「こんなにされたら、出ちゃいそうだよ。水希、フェラはいいから、あそこに入れさせてくれっ」

男の切羽詰まった声に、博之の顔を見上げる。眼を見開いて固まった顔は、限界を示していた。

「あ、あたし、う、上の口で飲みたいの……。下のお口にはもう一回させてあげるから、今は上のお口に頂戴《ちょうだい》っ」

これまで恋人にフェラチオした経験は何度もあるが、口中発射を求められてもいつも断ってきた。それなのに、今日に限って飲精したい欲望が衝動となって自分を突き動かす。

(あたし、なんてはしたないことを口走っているの……)

そうは思うが、口が勝手に欲望を伝えていた。

「僕は中年で、二発目は無理だから……」

オロオロした声で博之が言ったが、それを遮《さえぎ》るように、水希が言葉を被《かぶ》せる。

「絶対大丈夫だから、あたしがちゃんと二発目を搾《しぼ》り出してあげる」

水希は言い終わるや否や、素早く喉奥まで博之の肉棒を飲み込んだ。

「ああっ、分かったよ。そうまでして、水希は僕の精液が欲しいんだな。じゃあ、僕も覚悟を決めたよ。思いっきり擦って、吸い上げるんだ」

水希は上目遣いで小さく頷《うなず》くと深咥えしたペニスを激しく擦りたてる。

(ああん、ムラムラするぅ……)

本当なら、博之に弄ってもらいたい。しかしこの体勢では無理だ。水希は決してやってはならないと思っていた、自分の右手を無意識のうちに秘芯に持っていく。

(ああっ、いいっ……)

さっき、博之にクンニされた秘芯は、一瞬にして火がついたようになる。

「んうううっ」

軽く指先が当たっただけで、呻きが漏れる。その間も肉棒へのご奉仕は止められない。

「もう出そうだ！　もっと吸うんだ」

力強い吐出を予想させるような、先走りの粘っこい液が漏れだすのを感じた。

(ああっ、博之さんの精液を飲める……)

期待感が煽られる。水希は頭を振り立てて、勃起への吸引を強めた。肉茎がさらに膨らんで反《そ》り返り、口蓋を突く。

「出るよっ、水希っ」

少年のように甲高《かんだか》い声で博之が告げた。ドクンと勃起が震えて、激しい吹き出しが喉を打った。青臭い匂いが口腔内に広がる。

水希はそれと同時に、秘芯を弄っていた人差し指でクリトリスを強く圧迫しながら中指を膣内に入れ、かき混ぜる。

（イクぅ……）

悦楽《えつらく》の波が女体にも襲い掛かる。オナニーしながらフェラチオをして男をイカせたはしたなさに、博之に嫌われないかと一瞬脳裏をよぎるが、一緒にイケた悦《よろこ》びの方が大きい。

口の中には男の白濁液《はくだくえき》が溜まっている。舌先で亀頭をノックし、再度吸い上げて、搾れるだけ搾った。

「ああっ、水希ぃ、最高に気持ちよかったよ」

博之はベッドサイドから何枚かティッシュを取り出すと、水希に渡した。

水希は、ティッシュで口元を押さえながら口を開けてみせた。

「凄い、精液があるよ。しっかり受け止めてくれたんだ。ありがとう。さあ、出しなさい」

博之は優しく言ってくれた。

水希はそんな博之に微笑んでみせると、口を閉じ、一気に飲み込んだ。

「飲んじゃった」

口を開けて何もないことを示す。

「飲んだの？　大丈夫？」

心配げに尋ねる博之。

「妻は、夫の出した精液を全て身体の中に入れるのがたしなみですから」

にこりと微笑んでみせた。

4

博之は驚いていた。テレビで見て憧れていた水希とは全然違っていた。クールで売っていた水希がここまでエロく迫ってくるとは思ってもいなかった。

（コンテストに本気で勝つ気でいるんだ）

博之の好物や着るものの趣味、その他彼の情報は受験者たちに、平等に伝えてある。しかし、受験者たちは自分以外に何人の受験者がいるのかすら知らない。

だから、他の受験者に負けないためには、過激に迫らなければいけないのだが、あの高槻水希がここまで大胆なことをするとは、女は見かけじゃ分からない、ということなのだろう。

（水希を自分の嫁にすることなんてありえないと思っていたけれども、ここまで頑張ってくれているところを見ると、案外、本気で俺の嫁になりたいのかもしれないな）

自分の興奮がまだ続いている。普通であれば、あれだけ大量に放出したら、逸物は萎《な》えてしまうものだが、今日は未だしっかり屹立《きつりつ》している。

好い女とすることが男にとってどれだけ大切なことか、感じずにはいられない。

水希をベッドに引き上げた。

硬い肉棒を水希の巨乳に突き刺す。

「ああっ、まだ凄く硬い……」

「だって、まだ水希を十分感じさせていないからね……。もう一度しっかり感じて貰ってからエッチしようね」

水希を仰向《あおむ》けに横たわらせ、両足を取った。

「お股を開いて、足は僕の肩にかけるんだ」

水希は一瞬躊躇《ちゅうちょ》するそぶりを示したが、すぐに博之の言葉に従った。

水希の股間は洪水だった。博之は指先でクリトリスを刺激しながら、湧き出してくる大量の蜜液を啜り上げる。

「ああっ、さっきもしていただきましたから……」

「お風呂場でね。でもあれっぽっちじゃ僕が満足できないからね。今度は僕が満足できるまで、たっぷり舐めさせてもらうよ」

博之は指先でクリトリスの包皮を剝《む》いた。赤黒い陰核が目の前にあらわれる。そこを早速舌先でなぞる。

「あああん」

水希が激しく身体を揺すった。ピンと張った黒いシーツを摑《つか》もうとするが、摑めずに手だけが動く。

「感度がいいねえ……」

「そ、そんなことありません」

否定の言葉を無視するようにさらに激しく陰核を吸い上げる。

「あっ、駄目っ、んあああっ、水希イッちゃうう」

背中を反らせて身体を震わせる。

「ああっ、もう本当に、お願いですから、水希に、水希にシテください」

「してるよ。さっきからずっとオマ×コ舐めてる。もっと舐めて欲しいの？」

「ああっ、舐めるだけじゃあなくてぇ……」

「はっきり言ってくれなくちゃ、分かんないよ。妻はして欲しいことを自分から言って、夫にしてもらうんだよ。さあ何するの？」

無理やり言わせている。それを意識しながら、更に追い討ちをかける。

「だから、セ、セックスしてください」

「今、しているよ。水希のオマ×コ、とっても美味しいんだもの。クンニ最高だよ」

「だから、クンニだけじゃなくてぇ……、ちゃ、ちゃんと入れてください」

「入れるって、何を？　愛用のバイブとかあるんだったら入れてあげるよ……」

「そうじゃなくて、もう……、ああっ、旦那様のおち×ちんを水希のオマ×コに入れてくださいっ」

言わせる必要はないが、テレビの中で冷静な表情でニュースを読んでいた美女に無理やり言わせることに、博之はサディスティックな感動を覚えている。

「ゴムは用意してあるの……？」

避妊具は女性側が責任を持って用意することになっていた。仮に生出しして妊娠しても、男性側は一切の責任を持たないルールだ。

「だ、大丈夫ですぅ……。今、安全な時期だから……、そのまま下さいっ」

「じゃあ、ご要望にお応えして……」

女の身体の上に、自分の身体を合わせていく。しっかり密生した陰毛の下に見えるあわいの狭間に、逸物をあてがった。

亀頭が陰唇に触れただけで、陰唇は新たな震えを生み、水希は「ああっ」とため息をついた。

(ほんとうに欲しがっている……)

ついに、かつての憧れの女子アナウンサーの肉穴に、自分の逸物を収めるときが来たのだ。万感の思いを込めて、博之は腰を入れていく。

(これが水希の中なんだ……)

一度出したにもかかわらず萎えることのなかった男性自身が、熱く滾《たぎ》った蜜壺に一気に押し入っていく。

「ああっ、ああん、ああっ、これっ、これがいいのぉ……」

快感に美貌が蕩け、整った理知的な表情が雌の貌《かお》に変貌する。

ゆっくり腰を進めていく。中に入るにつれて、十分に熟《う》れ切った熟女の肉襞《にくひだ》が、抜き差しを邪魔するかのように絡みついてくる。

（名器じゃあないか、高槻水希のオマ×コ……）

博之は巨根なので、ソープに行ってもきつく締め付けられることがほとんどだが、水希はことにきついような気がする。

ゆっくり抜き差しを始める。

「ああっ、あああっ、ああっ、あっ……」

水希は抜き差しのタイミングに合わせるように快感の声を上げる。

「エッチは久しぶりですかあ？」

腰を動かしながら、訊いてみる。

「久しぶりよぉ、久しぶりなのに、何でこんなにいいのぉ……」

「だったら、僕のチ×ポが最高、って言ってみてくださいよぉ。女子アナウンサーが原稿を読むみたいにして……」

「そ、そんな、無理よっ、ああっ、駄目っ、ああっ、そんなにされたら、イクぅ、イクぅ、ああっ、旦那様のおチ×ポが最高ですぅ……。アアッ、イ、イッちゃうのぉ……」

腰を使うと、目の前の重量感のある乳房がダイナミックに縦揺れしている。それがまた自分に揉んで欲しい、と言っているようだ。

たわわな乳房の頂《いただき》には、セピア色の乳暈《にゆううん》が薄く広がり、そのやや上方にぷっくりした乳首がそよそよと揺れている。

張りはあるけれども指を入れてやると、それが沈み込んで柔らかく受け止めてくれる。揉まずにはいられない。乳房を揉みながら、剛直を抜き差しする。

「ああっ、そんな、凄いよぅ……」

蕩けた肉壺が、逸物を締め付けてくる。適度な圧迫が最高の快感を導いている。

しかし、さっき水希の口の中に放出したので、射精感の立ち上がりがない。気持ち良さだけが続いている感じだ。

深刺ししたまま腰を動かすのを止めてみた。蜜壺がうねうねと蠢《うごめ》き、肉棒を味わおうとしている。

「気持ちいいの？」

「は、はい……。こんなに気持ちいいエッチ、したことない……」

「別に僕に、お世辞言うことないからね」

「お世辞じゃあありません。ほんとうに気持ちいいんです……」

それが嘘ではないと言いたげに、水希が手を伸ばして下から抱きついてきた。

博之は抱きとめるようにして、水希の身体を引き上げ、自分の膝の上に乗せた。対面座位だ。

「キッスしてぇ……」

可愛らしく求めてきた。

美女の唇に唇を寄せると、水希から吸い付いてくる。舌同士が絡み合いながら、腰もまた動き出す。それに気づいた博之は下から突き上げるように腰を動かしていく。

みっちりと嵌《は》まったペニスとヴァギナは、密着の強弱を変えながらもお互いを強く感じている。

博之は突き上げに力を込める。

「あううううっ」

水希がのけ反り、慌てて、博之の首に手を回してきた。

「そんなに激しくされると、キスができなくなっちゃう……」

「キスなんかよりもっと激しいエッチがいいよ……」

「ああん、あたしは、博之さんとキッスがしたいの……」

水希はセクシー美女だが、こうやって駄々をこねたように言うとき、あまりにも可愛すぎた。

（高槻水希がこんな顔をするのを知っている奴は、俺しかいないかもしれないな……）

腰を擦るように動かすことにして、切羽詰まったように啄《ついば》んでくる美女アナのキスを楽しむ。

下がしっかり嵌《は》め合っている状態でのディープキスは、二人が真にひとつになっているようで、最高の気分だ。

舌同士が絡み合い、ペチャペチャ音を立てる。この淫靡な音こそ、二人きりで水希とセックスしている証だった。


水希も博之とのセックスに満足していた。

(ああん、こんなにされたら、気が遠くなってしまいそう)

こんな見た目はただの中年男の、どこにここまでのパワーが潜んでいたのか。水希のこれまでの全てのセックス経験を忘れさせてしまうような激しさだ。

激しさだけではない。気持ち良さも半端ではない。

(この人、あたしにほんとうに昂ってくれている……)

キスも、最初は受け身のキスだったが、いつの間にか、積極的に攻めてきている。舌同士が絡み合ったときの力関係がちょうどよく、それが更に気持ち良さを引き出してくる。

別に大男でないのに、抱きしめてくれる腕の感触が、男に包み込まれていく感じだ。その安心感もある。

（ああっ、本気で好きになってしまうかも……）

恋愛経験は少ないとは言えない。しかし、そこに打算のない純粋な愛はなかった。今回だって、言うまでもなく打算での応募だ。しかし、初めてのセックスだけで、ここまで博之のことが好きになれるとは……。

（セックスって怖い……）

しかし、その身体全体が蕩けてぐにゃぐにゃになりそうな感覚が、何ものにも代えがたい気になってくる。

舌同士が密着しすぎていた。唇も密着していた。気がついたら、息苦しくて、唇を外していた。

「大丈夫ですか？」

「博之さんとのキスが良すぎて、息苦しくなったのを忘れてしまいました」

「僕もです」

二人で見つめあって、微笑んだ。

「今日はキスを封印したほうがいいですね。それより、もっとエッチを楽しみましょう」

博之は腰を激しく突き上げ始めた。

座位のまま突き上げられると、硬いものが膣の奥にガンガン当たり、気持ち良さで気が遠くなりそうになる。

「ああああん、そんなことされたら、あたしが壊れてしまうぅ」

「分かりました。僕が動くからいけないんですよね。だったら今度は僕が下になりますから、水希さんの力で僕をイカせてください」

「えっ、そんな……」

水希が戸惑っているうちに、博之は自分だけ仰向けになり、水希の身体を自分の上に乗せた。典型的な女性上位だ。

「さあ、エッチなダンスを始めてください。僕の上で踊るんです……」

「ああん、そんな、恥ずかしい……、できない……っ」

「出来なくても、やってほしいんです。それをやってくれたら、僕、水希のことをもっと好きになる気がするんです……」

「そ、そうなんですか……」

正直言えば、女性上位はあまり好きな体位ではない。今まで付き合った男にも、ほとんど断ってきた。

博之が自分のファンであることは分かっていた。

だから自分が好き勝手にふるまったところで、博之が自分のことを嫌いになるとは思わない。

（でも、博之さんは、もう中年よね。いつまでも、若い女子アナのファンとしてふるまってくれるはずないわよね……）

水希は選ばれる立場なのだ。相手に徹底的に好きになって貰うしか、選ばれることはあり得ない。

（ああっ、なんて気持ちいいの……）

もう既に、イッているに違いない。激しく絶頂に達したわけではないが、ただ嵌められて、ただ何となく腰を動かされているだけで、これだけ気持ちがいいのだ。

（はしたないけど、自分から動いて、もっと気持ちよくなって、博之さんにももっと気持ちよくなって貰わなければ負けるのよ……。さあ、どうするの水希……）

中でさっきからずっと、博之の脈動を感じている。それは動かなければただの脈動に過ぎず、普通の男だったら、気にするほどのものでもない。

しかし、博之の逸物はやはり特別だ。密着しているだけで、じわっとした快感が断続的に立ち上がり、脊髄《せきずい》から脳まで伝わり上がる。

（さっきはもっと凄かった……）

博之が動かしてくると、腰も脳も蕩けそうな気分だった。

（あの気持ちよさをもう一度味わいたい……）

言われたように自分から絞り上げるしかないようだ。

水希は覚悟を決めた。

「エッチな水希になりますけど、嫌わないでくださいね……」

「もちろんだよ。僕は一番エッチな水希が好きなんだ。遠慮なくいやらしく、ダンスを踊って……」

「は、はい、ではいきますぅ」

水希は、足を踏ん張って、腰を使い始める。

「アッ、アッ、アッ、アッ……」

（ああん、何で、こんなに気持ちいいのっ……？　自分でコントロールできなくなっちゃうよぉ……）

「いいよ、水希、もっといやらしく、激しく動かして……」

（ああん、そ、そんなこと言われてもぅ、限界っ……）

そう思いながらも口から飛び出した言葉は、彼への恭順だ。

「は、はい、頑張りますぅ……」

必死の思いで、水希は膝を使って腰を上下させる。中にある肉棒がぬちゃぬちゃと擦れ、既に達していた自分の快感が、更に高まってくる。

（セックスがこんなに気持ちいいものだったなんて……）

しかし、こんなことを感じている余裕はほんの一瞬だった。

博之の興奮も更に刺激されたようで、今までバランスよく中に納まっていた男の巨根が、更に硬くなって、一段と雄渾になる。

「ああっ、駄目っ、駄目ッ……」

「ダメじゃないよ、水希が動いたら、オマ×コの中がさっき以上に気持ちよくなってきたよ。最高だよ。こんなに水希の中が素晴らしいなんて……」

「ああっ、そうですかっ」

自分にはもちろん快感がある。というより、快感がありすぎて、これ以上動いたら、死んでしまいそうな気がする。しかし、博之がここまで悦んでくれているのだ。やめたら申し訳なさすぎる。

と言って、自分もこのペースで進めたら、身体が持たないのも確実だった。

「そんなにされたら、イッ、イッちゃいますぅ……。ああっ、許してぇ……」

しかし、その許しを求める声を無視するように、博之も腰をグラインドさせ始めた。

腰と腰のぶつかり方が変拍子のように変化し、嵐の中に放り込まれたようだ。

自分の巨乳が弾《はず》んでいる。千切れそうなほど激しく上下左右に揺れている。

「おっぱいの揺れが凄いよっ」

博之が下から手を伸ばし、熟女アナウンサーの乳房をむんずと鷲摑みにし、その動きを止めた。

「ああっ、おっぱいがっ……」

乳房を押さえられると、身体の動きが不自由になる。下半身の動きが少し鈍くなった。それに合わせるように博之は、しこり切った乳首を指で挟み、押しつぶすように力を加えてきた。

乳首から電流が脳天に走った。

「あっ、駄目っ、それっ……」

すさまじい快感で、腰まで痙攣《けいれん》してしまう。

「乳首弄られるのが好きですね……」

「ち、違いますぅ」

「でもおっぱいがすっかりしこっていて、今乳首をつまんだら、乳首もぴくんと硬くなりました……」

「ああっ、そんなこと、言っちゃいやですぅ……」

博之は水希の訴えを無視するように、しこった乳首を更に押しつぶしてくる。

「ああっ、ダメぇ……、だめなのぉ……」

もう、腰は動かせなかった。下半身の動きが落ち着くと、博之はゆったりと乳首を揉み込んでくる。

「うふふ、水希ってすごいね……。こうやっておっぱいを揉んでやると、オマ×コもキュッ、キュッって締め付けてくるんだよ」

「ああっ、言わないでって、言ったのに……」

「うふふ、でもスケベな水希のことを、こうやって口に出していって確認したほうが、エッチがますます楽しくなるだろう？」

「ああっ、そんなこと、ありません。恥ずかしいだけですぅ……」

「こんな程度で、恥ずかしいなんて言わないでよ。これからもっと恥ずかしくなって貰うんだから……」

「ええっ、何するんですかぁ……？」

「いや、大したことしませんよ」

博之は水希の両手を引いて、そのまま抱きかかえるようにする。

「足を伸ばしてください。そのまま反転しますから……」

「は、はい……」

言われたようにすると、博之はすっと反転して、また正常位に戻ってくる。

「じゃあ、二人でいやらしくイキ合うからね」

「ど、どうするのですか……？」

「ただ中に出すだけだよ。だから、エッチに啼《な》いてね。大好きな水希がエッチに啼いているのを聴きながらイけたら、最高の気分になると思うんだ……」

そう言いながら、博之は枕を水希の背中の下に入れた。これで、水希の腰が上がる。

そこに向かって、雄渾なピストンが始まる。

博之が一気に攻め立てる。中年とは思えない貪るような腰遣いに、女は快感の波をやり過ごすように顔を左右に動かすしかなすすべがない。

「ああっ、アッ、アッ、アッ、イクッ、イクっ、イクのぉっ」

水希は自分の絶頂の様子を男に伝えた。

しかし、博之はそのことに気づいていない様子だ。

「ああっ、水希っ、そ、そんなにグイグイ喰い締めないで……っ」

（そんなこと言ったって、反応が止められないのぉ……）

快感の海に翻弄《ほんろう》されながらも、男の身体をひたすら貪ろうとしてしまう。

お互い気持ち良すぎて、会話がほとんど成立していない。

耐えられないような快感だった。抽送《ちゅうそう》に晒された膣肉は、野太い逸物に絡んで吸着と蠕動《ぜんどう》を繰り返している。これだけねっとりとしているのに、男の皺袋が女体に当たるときの乾いたパンパンという音は、男の抽送の激しさを表している。

「ああっ、駄目だっ、引き込まれて、もう出ちゃうよぉっ……」

中年男が少年のような声を上げた。

「ほんとうに、生、大丈夫……？」

「大丈夫ですぅ。だから、そのまま来てっ！」

中出しさせるのは予定の行動だ。それには躊躇がないが、それを確認してくれる博之の心根が嬉しい。

「じゃあ、お言葉に甘えて……」

博之が腰を浮かせて膝立ちになった。

水希のヒップが宙に浮いた。

ますますの深刺しとピストン。自分も今まで知らなかった新たな頂に追い上げられていることに気づいた。

狂おしいほどの快感に脳裏が朱色に染まっていく。もう何も考えられない。

「もっとぉ、ああっ、イクぅ……」

沸騰した性感が吹きこぼれる。快感の波が視界を埋め、肢体を洗っていく。

信じられないほどのオルガスムスだった。止めようとしても、よがり泣きの音色が紅唇の隙間から漏れてしまう。

「水希、出るぅ！」

自分のアクメから一瞬遅れて、博之が唸った。持ち上げられたヒップがぎゅっと握りしめられ、急にピストンが止まった。ドクンドクンという脈動と粘液の搾り出される感覚が、肉壺の粘膜を通じて脳に達する。

「ああっ、来てるぅ……、来てるのぉ……」

すさまじい快感だった。初めての中出しはこれまでの経験を全て吹き飛ばすようなインパクトで、水希の崩壊を誘った。

第二章　熟れ令嬢の痴態

1

博之は結局三日連続で水希の部屋に泊まってしまった。

(やっぱり、いい女だよなあ……)

恋人にするなら、間違いなく最高だ。クールな美人で、話も面白い。セックスだって素晴らしい。

しかし、華やかな分、妻としてはどうなのだろうという疑問符がつく。家事もあまり得意ではなさそうだ。料理の手際を見てみると、博之の方がまだましなくらいだ。

やはり、他の女と比較する必要がありそうだ。

(二人目、選ばなくちゃ……)

再度写真を見直し、作文を読み直す。

山口絵里にした。写真を見た感じは、和風の落ち着いた感じの顔立ち。いかにも深窓の御令嬢だ。

（家事万端免許皆伝、といううたい文句だしな……）

水希とは真逆のタイプに違いない。

（まさか処女っていうことはないだろうけど。でもセックスが嫌いとか言われたら困るよな。まあ、その時は妻に選ばなきゃいいだけだからな……）

そして今、博之は絵里の部屋の前で深呼吸している。

チャイムを鳴らした。

「はーい」

落ち着いた声の返事が聴こえた。三秒数えてドアを開ける。

「おおっ」

博之は驚いた。中には和服姿の美女が三つ指をついて頭を下げていたからだ。

「旦那様、お帰りなさいませ。お鞄をお預かりいたします」

「は、はあ……」

時代劇で町娘が着そうなあでやかな小紋《こもん》が、目にも鮮やかだ。髪の毛はアップにしている。立ち上がって奥に進む後ろ姿のうなじが美しい。

典型的な和風美人と言っていいだろう。

リビングルームも見事に和風にコーディネートされていた。部屋の隅《すみ》には自分で活けたのであろうか、山茶花《さざんか》を中心としたいかにも和風の生け花が立派な花台に載っていた。もちろんきれいに掃除されており、塵《ちり》ひとつ落ちていない感じだ。

部屋を物珍しげに眺めている博之に向かって、絵里が声をかける。

「旦那様、お風呂を先にしましょうか？　それともご飯がよろしいですか？」

「ご飯を先にするよ」

「ではお着替えを……」

すぐに用意されたのが浴衣だった。絵里はかいがいしく博之の背広を脱がせ、トランクス姿になった博之に浴衣をかけていく。

「如何《いかが》ですか？　浴衣」

「くつろぐよ。いやあ、こんな風にされるとは、思ってもいなかったよ」

妻の候補者がかいがいしく働くのは、見ていて気持ちいい。

絵里は博之の背広を片付けると、小走りにキッチンに向かう。割烹着《かっぽうぎ》を着ながら言った。

「すぐにお夕飯用意いたします。その前に少しお飲みになります？」

「ああっ、いいねっ、ビールでも貰おうか」

絵里はすぐにお盆に瓶《びん》ビールとグラス、それにチーズの盛り合わせと枝豆を載せて運んできた。

「では、お酌《しゃく》させていただきます」

小袖から見える手が細くて白い。その白魚《しらうお》のような指がビール瓶を持ち上げ、グラスに注ぎ始める。その様子が何とも優雅だ。

「普段から、和服が多いんですか？」

「はい。半々ぐらいでしょうか。和服が好きなものですから……」

それだけ言うと、夕飯の支度にキッチンへ立ち去った。

ビールが一瓶空くころ、ちょうど夕飯が出来上がった。

絵里の料理は抜群だった。手際が水希とは全然違っていた。和服姿で仕事をしているとは思えない手さばきだ。

おかずの品数も豊富だし、味もよかった。

一方で、料理の一番おいしいところで提供しようとするのか、立ったり座ったりが多くて、せわしない。

「そんなに行ったり来たりしなくていいから、一緒に食べようよ」

「はい、ちょっとお待ちを……」

そう言いながらも、立ったり座ったりを止めない。こうなると、座っている方は落ち着かない。

ちょっと、立ち上がって、手伝おうとすると、

「旦那様は、座ってゆっくりしてください」

そう言われてしまうので、動くに動けない。

（これはこれで完璧な妻なんだろうけど、けっこう窮屈《きゅうくつ》かも……）

博之としてはもっと話をして、絵里のひととなりを知りたいのだが、口下手《くちべた》な男の常で話のきっかけがつかめない。

（美味しいんだけどなあ、なんか堅苦しんだよな……）

絵里の過去の恋愛経験なども訊きだしたいところだが、とてもそんな質問ができる雰囲気ではなかった。

それでも夕食はいつしか終わり、入浴の時間になった。

いかにも良家の妻女といった風情の絵里だけに、一緒に入るように言ったら平手打ちでも食らいそうだったが、一緒に入浴するのは今回の選考の条件だ。博之は気後れ

しながらも言った。

「お風呂、一緒に入って、洗ってくれ」

「一緒に入らなければいけませんか？」

「もちろんだよ」

「分かりました。では、先に入っていてくださいますか？　すぐに伺《うかが》いますから……」

普段の博之なら、ここが落としどころだろうと諦めて、一人で入浴するところだが、完璧な絵里の言いなりになるのは嫌だった。

美を汚したい欲望が沸々と湧いてきて、思わず彼女に言ってしまった。

「ダメだな。まず僕の目の前で、ストリップをやって、全裸になってみせるんだ。それから、僕のものを脱がせて裸にして、一緒に風呂場に入るんだ」

「そうしなければいけませんか？」

「どうしてもいやだと言えば、もちろん無理は言わないけど、その分、絵里の点数は下がるかもしれないな……」

脅かすつもりはなかったけれども、このお試し夫婦生活は、彼女にとってはテストなのだ。そして、採点者は博之。彼に逆らうことは自滅行為だ。

「わ、分かりました。で、では……、は、裸にならせていただきます」

絵里が帯を解き始めた。シュルシュル、という音が博之の期待を盛り上げる。

帯が床に落ちる。絵里は続いて、着物を肩脱ぎした。小袖がふんわりと床に落ちた。

長襦袢《ながじゅばん》姿だ。純白の艶《つや》のある長襦袢。

「綺麗ですね、長襦袢。絹ですか？」

「分かりますか？　正装用の長襦袢なんです。普段は身に着けないのですけど、今日は旦那様に初めてお会いするので、着てみました」

着物姿だと美しいだけだったが、長襦袢姿になると、ひとりでに色っぽさが湧き上がってくる。

「綺麗な長襦袢も素敵ですけど、それより、その下の絵里の姿を見たいなあ……」

「うふふ、そう言っていただけると……」

絵里も少しずつテンションが上がり始めている。眼が潤んでいる。

「では、失礼しますね」

切れ長の眼で博之を見つめながら、長襦袢を脱ぎ落とす。その仕草の色っぽさに、博之の男性自身は屹立せずにはいられない。

もちろん、これで絵里がヌードになったわけではない。まだ上下に下着をつけている。しかし、その下に纏《まと》っているものに博之は眼が点になった。彼女の下腹部を覆っていたのは湯文字、いわゆる腰巻《こしまき》だったのだ。

「ひょっとして、パンティー穿《は》いていないの？」

「はい。和服姿の時、パンツ穿くなんて、そんな無粋《ぶすい》なことできませんわ」

「ひょっとしてブラジャーも」

「はい、着けません」

その代わり絵里は半襟《はんえり》と呼ばれる上半身用の下着を身に着けていた。胸は押さえつけられていて、あまり大きいようには見えない。

「これは、和服用ブラジャーみたいなものですから」

それから、一度ぎゅっと眼を瞑って、それから覚悟を決めたように半襟を脱いだ。

「あっ……」

博之は驚きの声を上げる。押さえられていた乳房が、急に膨れ上がってまろび出たからである。

絵里の乳房は、水希ほどは大きくはない。しかし、Fカップはあるだろう。なで肩にちょうどいいバランスで息づいており、その見事な円形は実に美しい。

「き、綺麗なおっぱい……」

「は、恥ずかしい……」

絵里は顔が真っ赤だ。

「恥ずかしがっていては、駄目だよ。夫に綺麗なおっぱいを見せるのは、妻の大切な勤めなんだから」

「で、でも、やっぱり恥ずかしいですぅ……」

「そうか、絵里は恥ずかしいことが好きなんだな。僕はいやらしいオヤジだからね。絵里に恥ずかしいことをさせるのが好きなんだよ。ちょうどお似合いっていうことかな……」

そう言いながら、剝き出しになった乳房に手を伸ばした。

「うふふ、ムチムチだねっ」

博之は、見定めるようにゆっくり揉み始める。

「ああっ、旦那さまっ……」

絵里は眉間に皺を寄せて恥ずかしげな吐息を漏らしたが、拒否はしない。揉まれるのが自分の義務だと思っているかのように下唇を嚙《か》んで、息を荒げていく。

「腰巻は、僕が剝《は》ぎ取った方がいいかい？　それとも自分で外す？」

「ああっ、どっちも恥ずかしいですぅ」

「恥ずかしくても、一緒にお風呂に入るんだからね。外さないわけにはいかないよ。絵里はどっちの方がもっと恥ずかしいの？」

「旦那様に外される方が……」

「分かった。じゃあ、僕が外そう……」

博之は絵里の乳房を揉みながら、片手で腰巻の結び目を解いていく。直ぐにふわりと、湯文字が落ちた。

「ああっ、恥ずかしいですわ……」

真っ赤になった絵里が顔を覆った。

「そんなに恥ずかしがらないで。綺麗なヌードだよ」

和服の時は全く分からなかったが、こうやって裸にすると、プロポーションの良さが際立《きわだ》つ。

全体的にはなで肩で日本風の顔立ち。体型も華奢《きやしや》だが、乳房がしっかり張っているのと、ヒップの丸みが素晴らしい。乳房とヒップが張り出している分、ウェストの括《くび》れもしっかりある。

とても三十代後半とは思えない美しさだ。

その初々《ういうい》しい恥ずかしがり方を見ると、博之はサディスティックな気持ちを掻き立てられ、伝法な言い方をしてしまう。

「三十代後半に入ろうってのに、そんなに恥ずかしいのかい。処女でもあるまいし、本当は悦んで濡らしてるんじゃないのか……」

「ああっ、そんなこと、おっしゃらないでください……」

地団太を踏むようにして恥ずかしがる絵里を冷たい目で見ながら、博之は言った。

「さあ、今度は僕を脱がせるんだ。夫の服を脱がせるのは、妻の仕事だろう」

「わ、分かっておりますぅ……」

絵里は真っ赤になりながらも博之の浴衣の帯を解き、肩脱ぎさせた。あと残すは、トランクス一枚だ。

「あたしが脱がせなければいけないんですよね」

「そうだよ……」

「ああっ、は、恥ずかしい……」

絵里が仁王立ちの博之の前に跪く。

目を背《そむ》けながらトランクスのゴムに手を掛けた。博之の股間はもっこりとテントを張っている。博之はそのテントを絵里に、敢えて突き出すように誇示した。

2

山口絵里はドキドキしていた。裸を見られ、恥ずかしかった。そして、十年ぶりに見る男性のシンボル。博之のそれに絵里は期待している。

絵里は「山陽流《さんようりゅう》」という小さな生け花の流派の家元の娘である。典型的なお嬢様で中学から大学まではエスカレーター式の女子校に通い、卒業するまで親戚や先生を除いては、男性とほとんどしゃべったことがないような生活を送ってきた。

そんな絵里が恋に落ちたのは二十四歳の時。相手は三十歳の植木職人。絵里の家の庭木を手入れに来ていた男だった。

その男はワイルドだった。絵里も大学を卒業した後は、男性が普通にいる環境に放り出されたわけだが、絵里に言い寄ってくる男は軟弱な奴ばっかりで、絵里としては全然食指が動かなかった。

そこに現れた植木職人は、絵里がそれまで知っていた男とは全く違っていた。風貌も野性的で行動も野性的。その野獣めいたところに絵里は夢中になった。

セックスも野性的だった。厳しくイカされるセックス。

「お前は豚だ」

と、罵られながらするセックスは、絵里のマゾヒスティックな性癖を刺激し、最高のエクスタシーを生んだ。

（彼に一生ついていくわ……）

もちろん両親からは猛反対された。それでも、絵里の決心は変わらなかった。駆け落ちして自分の家を出ていく覚悟だった。

しかし、その恋はあっけなく潰《つい》えた。

相手の男がワイルドに単車を走らせているときに水溜りに突っ込み、ハンドルを取られて横転し、打ちどころが悪かったのか、三日後に亡くなってしまったのである。

絵里はその男とのセックスが忘れられなかった。その後の三年間、何人かの男と付き合い、さらに行きずりのセックスもした。しかし、その死んだ男が絵里に与えたような快感を与える男は現れなかった。

その後の十年は、本当にストイックな生活だった。実家にこもって、やってくる弟子に生け花を教える毎日。男性と付き合う気持ちが失せてしまった。

お見合いの話はたくさんあったが、あの快感を与えてくれそうな男は全くなく、気がついたら三十五を超えていた。

あの男のようなワイルドな男を見つけるためには、自分のテリトリーから外れる必要があると思って、結婚相談所に申し込んだのが去年。

博之はかつての植木職人のようなワイルドな感じは全然しなかったけど、小さな家元はそれなりに経営が苦しい。結婚できればお金を出して貰える期待があった。

それ以上に絵里をドキドキさせたのは、自分が選ばれる側に立つことだった。

(自分がもののように選別される……)

そう思うと、マゾヒスティックな気持ちが湧き上がって、久しぶりにエッチな気分になった。

そして、ついに博之がやってくる日が来た。

今までは、粗相《そそう》なくできたと思う。

(あとは、お風呂とベッドで頑張って、メロメロにして、博之さんに評価してもらわなければ……)

それでも自分だけが裸になっている今は恥ずかしい。博之も言っている言葉は荒々しいが、顔を赤らめて自分の裸を見ている。中年男とは思えない純情っぽい仕草が、かえって絵里の恥ずかしさを増幅させる。

(大きそうだわ……)

目の前のトランクスのもっこりをチラ見する。凝視はできない。ゴムに手を掛けて、眼を背けながらトランクスを引き落とした。

ビィン、という感じで、硬く憤《いきどお》った赤黒い逸物が飛び出してきた。

「あっ」

思わず声が出てしまう。

(何これ……)

久しぶりの男のシンボルは魁偉《かいい》だった。

(あの人のだって、こんなに凄くはなかった……)

あのワイルドな男のものは大きかった。絵里がこれまで相手をした男性の中で、あの男以上は知らない。しかし、十年ぶりで見たものは、きっとあの男を上回っているだろう。

「どうかしたかい？」

「いえ、別に何も……」

そう言いながらも自分の指が肉棒に伸びていく。

(ああ、そんなことをしたら、博之さんに嫌われてしまう……)

そう思いながらも、触らずにはいられなかった。

絵里は自分で気づいたときは、肉棒を撫でまわしていた。

「大きい、大きいの……」

自分ではそんなはしたないことを言うつもりはなかった。しかし、絵里の十年以上眠っていた女の本能が突然活性化した。

博之はそんな絵里を驚いたような顔で見ていたが、すぐに納得したように頭を撫で始める。

「絵里、好きにしていいんだよ」

それでほっとした。興味のまま、しっかり確認し始める。

両手で握りしめた亀の子はまさに生きているみたいだった。赤黒く、決して美しいものではなかったが、脈動が手の中でしっかり感じ取られた。

「ピクピクしています」

声がかすれていた。

男の欲望の脈動が、肉棒から掌に伝わってくる。その感触が心地よかった。

逞《たくま》しさに、引き寄せられていた。

「擦っているだけでは物足りないんじゃないかい。いいんだよ、おねだりしても」

「は、はい」

「でもちゃんとおねだりしないと、許さないからね」

「恥ずかしいです」

恥ずかしいのは本当だ。恥ずかしさと男のものを弄りたい欲望が、ともに湧き上がっている。絵里は恥ずかしさの極限に快感の極致があることを、あのワイルドな彼に教え込まれていた。

絵里は真っ赤になりながらおねだりする。心臓がどきどきしている。

「お、おしゃぶりしてもいいですか？」

「かまわないけど、シャワー浴びていないし、汗くさいよ」

「それがいいんですぅ」

そう言うなり、絵里の薄い唇は博之の突端にしゃぶりついていた。

「ああっ、それっ、大胆！」

「びちゅるちゅる、ちゅばちゅば」

返事の代わりに発してしまったのは、激しい吸引の音だ。

（あたし、なんてはしたないことをしているの……）

しかし、止められなかった。

「おおっ、痛い、痛いよぉっ……」

激しすぎる吸引に博之は悲鳴を上げた。

「ああっ、ごめんなさい」

ようやく我に返った絵里は口から肉棒を吐き出した。

「いやぁ、びっくりしたよ。なんか、絵里、凄くしたがっているみたいだね。だったらお風呂は後にして、ベッドに行こう。ベッドでたっぷりおしゃぶりさせてやるよ」

「す、すみません」

絵里は入浴するつもりでいたが、博之が絵里を引っ張るようにして脱衣場から出ていくので、否応もない。

寝室に入ると、絵里は突き飛ばされるようにベッドに乗せられた。仰向けになった絵里の身体の上に飛び乗るように博之がやってきた。

「あっ、乱暴なことはいけませんわ」

「そんな、自分があんな乱暴なことをしたくせに……。そうだったら、僕も少しぐらい乱暴にしてもいいんじゃないの……」

そう言いながら、博之は絵里の美乳を揉み始めている。最初は柔らかさを感じるような揉み方だったが、じょじょに掌へ力を込めてくる。

「ああっ、ああっ……」

絵里は眉間に皺を寄せて声を上げている。

「このおっぱい、本当にきれいだよ。乳輪が薄いのに、乳首だけがこんなにつんとしこっている」

「ああっ、そ、そこはダメッ」

「ダメじゃないだろう、もっと弄って、だろうっ」

博之の言葉は、ここにきて荒々しさを増してきている。

言葉だけではない。指先に入る力も、揉みほぐそうとすることから押しつぶそうとするように少しずつ力を込めている。

乳首に圧迫痛が感じられた。しかし、久しぶりのその激しい愛撫が、昔のエクスタシーを思い出させた。

（わたしのエッチなところを博之さんに見せてはいけないわ……）

自分の冷静な部分が必死でブレーキをかけようとする。しかし、一方で、昔の男にそうされたように、もっとワイルドに愛されたい。痛いのも刺激のうち、と思う自分もいた。

「ああっ、駄目っ、ああっ、もっと激しく……」

「どっちなんだ。全然分からないよ……」

博之はそう言いながら、屹立した乳首にむしゃぶりついた。

「ああっ、そこっ……」

絵里はそれ以上言葉にならなかった。激しいバキュームが、絵里の官能をどこまでも際立たせる。

「ああっ、もっと……、もっと、嚙んでもいいのぉ。あたしのおっぱい、もっと滅茶苦茶にして欲しいのぉ……」

その言葉に乗せられたように、博之はぷっくり膨らんだ乳首に歯を立てる。もちろんしているのは甘嚙みだ。歯先で乳首に刺激を与えながら、乳首に血を集め、ますます大きく屹立させる。

「あっ、旦那様ぁ……、ああっ、いいですぅ……。もっと痛くしても大丈夫ぅ……」

その言葉に呼応するように、左の乳房にあてがわれた手に力が入り、右の乳首の歯にも力が入る。

強いほどの刺激は、痛みを伴《ともな》っているが、痛い分だけ、何故か腰の奥まで甘く痺《しび》れさせ、媚肉《びにく》が蠢いて、甘い声が漏れてしまう。

博之の手が股間に伸びた。

「ああっ、ここっ、こんなになっている。びしょびしょだよ」

驚いたように博之が言った。

「絵里って、ひょっとしてマゾなの……？」

「ああっ、分かりません……」

「こんなに強く噛んで、おっぱいが千切れたら困るでしょう」

「ああっ、千切っちゃいやですぅ……。で、でも、きつく噛むのは……、ああっ……」

博之はきつく噛んでいるように言っているが、絵里の動きを見つつ噛む力を調整して、焦らしていた。

その執拗な攻めに和風美女の肉体はどんどん蕩けている。

「むあふっ……」

博之がちょっときつめに乳首に歯を立てた。しかし、その一瞬後には、歯から力を抜いて、激しく吸い上げる。乳房の中身が全て乳首から出てしまいそうな激しい吸い上げ。

「ああっ、ああっ、それっ……」

あまりの激しさに、自分の神経が全て乳房に行ってしまいそうだ。

乱れる絵里を確認しながら、博之は乳房を更に攻める。そして、今度は巧みに片手を股間へも伸ばしてくる。

「じゅるじゅるじゅる」

乳房を吸い上げる音が激しさを増しているが、女の肉体はすっかり敏感になった股間に、男の指が侵入していることに気づかないはずがなかった。

「あうっ、あっ、そこは……」

牝汁《めじる》の滴った陰唇を触られるのは恥ずかしい。しかし、男の指は、蜜液まみれになることを厭《いと》うことなく、裂け目の中に差し入れてくる。

「ダメっ、そこはっ」

腰を振って拒絶しようとしたが、既に腰に力が入らない。それをいいことに男の指は陰唇の内側をなぞるように弄ってくる。

必死に内腿を閉じて、身体を捩《よじ》ろうとするが、それは程よい脂肪の乗った熟女の身体をくねらせることになり、男の欲望を更に刺激する。

「おおっ、絵里っ、なんて色っぽいんだ……」

「い、色っぽくなんか、していないですぅ……。で、でもっ、ああっ、イイっ、イイのぉ……」

絵里は自分が何を言っているのか、もう分からないほどだ。ただ身体全体が熱くなり、男のものに蹂躙《じゅうりん》されたい気分になっている。

(自分から求めるなんて、はしたな過ぎるぅ……)

理性はそうブレーキをかけようとするが、その力はもう弱々しい。ひたすら本能の欲望が膨れ上がっていく。

「あたしぃ、欲しいっ、博之さん、来てぇ！」

ついに叫んでしまった。

3

博之は絵里の変化に驚いていた。淑《しと》やかな美女で、料理は完璧、所作《しょさ》振舞いもさすがに華道の家元の娘だ、と感心していたのに、性的な行為が始まると、どんどん内に秘めた淫乱さが表に出てきて色っぽくなるのだ。

いや、色っぽいという言い方は正しくない。エロいのだ。乳房を責めたときのあのマゾっぽい啼き声は、いたってノーマルな性感覚の博之ですら、劣情を煽《あお》られずにいられない。

その美女が自分を求めている。

そのまま上に乗りたい。

しかしそこは中年男性だ。高校生みたいにがむしゃらに向かうわけにはいかない。

「来てぇ、って来ているよ。これ以上、どうしたらいいんだい？」

「ああっ、分かっているくせにぃ……。じ、焦らさないでくださいっ」

「別に焦らしてなんかいないよ。ちゃんと分かるように言って……」

しかし、絵里は負けてはいなかった。右手をすっと伸ばすと、博之のさっきからいきり立ちっぱなしの肉竿を握りしめる。

「ああっ、これが欲しいのよっ」

そう言いながら、逆手に握った絵里はしこしこと扱き始める。

しかし、絵里にイニシアチブを取らせるのは男の沽券《こけん》にかかわる。肉壺の中にある自分の指を、次第に激しく動かしてかき混ぜていく。

（ああっ、ヤバい……）

「ああっ、凄く硬いっ」

「絵里のここだって、ぐちょぐちょだよ……」

「下のお口で食べさせてくれないなら、上のお口で食べちゃう」

それもいいかもしれない。

博之が仰向けに横になると、絵里が上から、足の方を向いて覆いかぶさってきた。

熟女の脂肪の乗った尻が目の前にあった。

そのあわいには、今まで指を入れていた、愛液を滴らせた秘貝が息づいている。

絵里は、ポジションを固めるや否や、早速肉棒にむしゃぶりついた。

「ああっ、やっぱり凄いの……」

「おおっ」

驚いたのは博之だ。おしとやかな言動と実際の行為とが分裂している。

博之も自分よりも年下の女に負けてはいられない。すぐさま陰裂に顔を埋める。

「じゅるじゅるじゅる」

絵里は唾液をたっぷり塗《まぶ》して、唇で肉幹を扱き始めた。

「びちゃっ、ぐちゅ、ぐちゅ、ぐちゅ」

お互いの舌が、相手の奥深くに入り込み、唾液と淫液とを混じりあわせる。

博之は絵里が肉棒を擦り上げるのに合わせて、花弁を唇で摘《つ》まみ、肉芽を啜り上げる。

「レロレロ、ちゅぱっ、ちゅぱっ……、レロレロ」

最初は絵里がスパートをかけた。一瞬博之の股間が膨れ、頂点に達しそうになる。

「あぁっ、ヤバっ、ふうっ、ちゅるっ」

そこを何とかやり過ごすと、今度は博之が攻める。

激しい舌遣いに耐えられず、絵里は肉棒を口から外した。その瞬間、長く伸ばした舌を肉壺の奥まで差し込み、その中をきつく吸引する。新たな熱い愛液が零れだして、博之の口の周りをべとべとにした。

「ああっ、舌だけでイクのは……、イヤッ」

絵里は深窓のお嬢様だ。若い頃は経験がそれなりにあるようだが、最近は自分で慰めて満足していいただけに違いない。

ほんとうのところは分からないが、そう信じて、それ以上に素晴らしい世界を見せてやりたい。

「分かった。僕の舌でイキたいんだな。任せて貰おう」

風俗は基本受け身だから、自分から風俗嬢を積極的にイカせようとしたことはない。クンニをすることはあったが、それでイカせようと思ったことはない。

しかし、絵里にはそれをしなければいけないと思った。

まず言葉責めをする。

「絵里は、僕の舌で弄られると、いやらしい匂いがぷんぷん出るんだね……」

赤い秘貝の中でひそやかに震えているクリトリスを見つめて言う。

「ああっ、そ、そんなこと、ありません……」

しかし、令嬢にとって、言葉責めが快感の源だ。積極的に舌で攻めにいかなくても敏感に反応して、新しい透明の雫を盛り上げていく。

それが零れる直前まで膨れ上がるのを見てから、おもむろに舌で吸い上げる。

「あっふうぅん……、いやぁ……」

もちろん、接触すれば新たな花蜜がトクトクとあふれ出し、中年男の口を満たしていく。

熟女の粘膜は思った以上に敏感だ。言葉にも舌の動きにもすぐさま反応する。

「あんっ、あんっ、こんなのって……」

上品な唇から漏れる声に、官能の熱をますます帯びていく。

ぬめぬめと光る赤紅色の粘膜が舌に掬われると、皮をむいたブドウのようにプルプルと喘《あえ》ぐ。

「ああんっ、くふうっ……」

すっかり屹立したクリトリスへの愛撫も忘れない。ちょっと硬めにノックしてやる。

「あっ、そこっ……、あっ、ダメっ」

裸身がピクリと波打ってのけぞる。

「オナニーとどっちが気持ちいいの？」

「ああっ、お、オナニーなんか、していません……」

博之は指二本を鉤型《かぎがた》に曲げて、膣穴に入れる。中をかき回す。

「あれっ、僕にそんなウソを吐いていいって、誰が教えたんだろ？　そんな悪い子はお仕置きだなっ」

脂の乗った尻朶《しりたぶ》を軽くスパンクする。

「ああっ、お尻っ、叩かないでェッ」

「正直な絵里にはそんなことしないさ」

指によるGスポットへの刺激も忘れない。

強弱をつけながら続けられる舌技と、交互に行われるGスポットへの刺激、更に不協和音のように跳ね返るスパンキングは、熟女がこれまで経験したことのない愛撫だったようだ。すぐさま絵里は高みに昇っていく。

博之は膣内を指でかき混ぜながら、舌で熟女の肉芽を強めに挟み込み、吸い上げ、舌先は女芽の先端を激しくタンギングして、更に上へと追い上げていく。

「さあ、正直に言いなさい」

「ああっ、ごめんなさい。絵里は、寂しくなると自分で慰めていましたぁ……」

「道具も使ったな……」

「ああっ、すみません。お道具も使いましたぁ……」

「この部屋に持ち込んでいるんだろ？」

「ああっ、それは……、していません」

「ほんとうなの……？」

「は、はい。だ、だって、旦那様に愛されることが分かっていたから……」

それは本当のことだろう。異性と媾《まぐわ》うことが分かっているのに、道具を持ち込む必要はない。

「僕はバイブよりはいいんだな……？」

そんな確認をする必要はないが、不安げに確認してしまった。

「は、はい……。博之さんに舐めたり弄って貰う方が、お道具を使うよりずっと」

「そうか。だったら、僕の指と舌で、一回イッてみよっか」

「ああっ、恥ずかしい……」

顔はいやいやするように横に振るが、今まで舐められていた股間は更なる愛撫を求めて動かない。

博之はそのあわいを狙うように舌先をこじ入れる。

既に身体に火がついている熟女が頂上を極めるのに、もうほとんど時間は必要なかった。博之の舌の動きは、あっという間に絵里を狂わせ、牝啼きの声を上げさせる。

「ああっ、何なのっ、これっ……。アアッ、こ、こんなの……、知らなかった……。アアッ、イクゥ、イクゥ……、ああっ、あたしっ、飛んじゃうぅ……」

その声と同時に、博之の身体の上で、美熟女の上半身が大きく反り返った。

「イクーッ」

強い叫び声がしたかと思うと股間が大きく痙攣し、次の瞬間、絵里の股間から生暖かい液体がシャワーのように飛び出し、博之の顔を直撃した。

4

「わっ……」

博之は突然の出来事に驚いたが、この液体が何であるかはすぐに気が付いた。

（絵里ってイクと潮を吹く女なんだ）

しかし、潮まで吹かれたとすれば、この体勢で居続けることはもう無理だった。

博之は自分の上で潰れている絵里の下から、這い出すようにして位置を変えた。荒く息をして快楽の余韻にひたる美女の隣に添い寝する。

「ああっ、恥ずかしい……、気持ち良すぎて……」

「気持ちよくなることは、恥ずかしいことじゃあないさ」

「ああっ、でも、こんなになったの初めて……。下半身が自分じゃないみたい……」

「それでいいんだよ。これが、愛されている、ということなんだ……」

「ああっ、あたし、博之さんともっと仲良くなりたい……」

「僕も同じだよ」

　一度火のついた熟女の身体が、舌だけで満足できないのは容易に想像がついた。

　博之は身体を起こすと、絵里を仰向けにし、今度は自分が上から覆いかぶさった。今、たっぷり可愛がって、乾きを知らない女の泉に怒張した逸物をあてがう。

「いくよ。挿《い》れるよ」

「きて、旦那様……」

　絵里は自分で妻であるかのように、無意識の中でも振舞っているようだ。

「絵里っ」

　あてがった肉棒を中に進める。すっかり蕩けた女壺はヌルヌルだ。

「ああっ、中が、温かいよぉ……」

「旦那様のも硬くて……ああっ」

「おおっ、吸い込まれていくみたいだよっ……ああっ」

「だって、旦那様のものがっ、き、気持ちいいからっ……、先端が奥に当たるぅ……」

最初は熟女令嬢の中を味わうようにゆったりと動かしていく。そうすると、中の女襞は肉茎に巻き付き、まったりと締め付け、まるで飴玉を溶かすように男女が一体になっていく感じがする。

(甘い、甘すぎるよっ)

ゆったりと動かしている腰の感触とそれに呼応する女壺の蠢きが、最高の快感を男の中に送り込んでくる。

おのずと腰の動きに力がこもってしまう。

「ハアッ、ハアッ、ハアッ、ハアッ」

「あっ、ああっ、いいっ、何でこんなに……」

絵里はしどけなく太股を開き、博之の言いなりになっている。眉間を寄せた顔は、今覚えている快感が半端なものではないことを示している。

全身から湧き上がる色香が、博之が腰を動かすたびに零れ落ちるように思える。

「ああっ、あっ、イイのぉ……」

絵里は無意識のうちに、打ち込まれる肉棒をより奥まで迎え入れようと腰を蠢かす。汗からは、ちょっと饐《す》えた匂いが立ち上る。それが熟女のいやらしさを際立たせる。

(女はベッドに入らないと本性が分からないな……)

博之は自分が女に無言で操縦されているような気分だ。

自分が主導権を握っていない感じが、何とも飽き足りない。

ひょいと前を見てみると、さっき厳しく弄って啼かせた豊かな乳房がフルフルと揺れていた。腰を動かしながら、上半身を伸ばし、右の乳房にしゃぶりつく。さっきの甘噛みした感触を思い出しながら、きつめに歯を立てる。

「ああっ、凄いぃ……。アアッ、そ、それが、いいっ、いいのぉ……」

新たな愉悦に、絵里は半狂乱の声を出す。

「チューッ、レロレロレロレロ……」

腰を動かしながら、乳房を愛撫するのは男にとってかなりの難行苦行だ。しかし、口の中の柔らかい乳房の感触と、蜜壺の中で締め付けられるペニスの感触が一緒になった気分は格別だった。

それは女だって変わらない。激しい二所責めに返ってくる嬌声は高まり、ついには、絵里の乱れるさまはまさに盛りのついた野獣となり、制御しきれないようだ。

「ああっ、素敵ぃ……、もっとぉ……、もっとぉ……」

絵里は、上品な深窓のお嬢様の姿をかなぐり捨てていた。恥も外聞もないように持ち上げた両脚を博之の胴に巻き付けてきた。

その勢いに博之は、否応なしに女体に密着させられ、女の更に激しい攻めの要求に応えさせられる。

(負けるものかっ)

こんな気分になるのは如何かと思うが、自分がこの美熟女をねじ伏せなければいけない。水希の時はそんなことは思わなかったから、絵里からは何か、男に激しく攻めたくさせるフェロモンが出ているのかもしれない。

「ぷふぁっ」

乳房から顔を上げ、背中の足の重みにも注意を払いながら、抽送に全神経を集中させる。

ぬちゃっ、ぬちゃっ、くちゃっ、愛液と我慢汁が絵里の蜜壺の中でかき混ぜられ、肉同士が擦れあう様子がまるで見えるようになっている。

「ああっ、なんでぇ、何で、こんなにいいのぉ……っ」

「そ、そんなにいいのかぁ？」

「さ、最高ですぅ」

美女にそう言われれば、更に腰の動きを激しくしていくしかない。

蜜壺の洪水はますますひどくなって、本当に堤防が決壊しているようだった。

肉襞がうねり、大きくペニスを包み込んで締め付けてくる。

「おおっ、おおっ、ああっ、ヤバいよぉ、出そうだぁ……」

博之の額に脂汗が浮いている。放出の要求が腰の周辺をすっかり熱くしている。

しかし、今はぴったりと嵌まりすぎて、出すことすらできないほどだ。

（九浅一深……、九浅一深……）

おまじないのように唱えながらピストンを続けようとするが、背中の足がぎゅっと締め付けて、ピストンがままならない。

「絵里、お願いだぁ……、出させてよぉ」

「ああっ、気持ち良すぎて……、足が外れなくなったみたい……」

「分かったよぉ、ちょっと落ち着こう……。一回体位を変えよう」

博之は熟女の欲望の凄まじさにすっかり翻弄されている。自分で主導権を握ったと思っても、いつの間にか絵里の言うなりになっていた。

博之は絵里の奥にとどまったまま必死でクールダウンする。若い男なら、もう、三回ぐらい暴発していると思うが、この歳になるとやり過ごす技も分かっている。今、納期ギリギリな仕事のことを思い出せばいいのだ。もう出来上がっていて、今バイトで雇った社員が、今頃動作確認に必死なはずだ。

そんなことを思いながら絵里から意識を必死でずらすと、暴発の衝動だけは去っていった。

博之が頑張らなくなったせいか、絵里の足の力も緩《ゆる》み始めていた。

「一度抜くね」

今度は上手くいった。

薄暗がりに浮かぶ白い肌がきれいだった。汗ばんだ身体は、今までの交姦ですっかり緩み、抜群のプロポーションもあいまって、どこもが奮いつきたくなるような色っぽさだ。

「さあ、四つん這いになって……」

「ああん、今度は、獣のようにされるんですね」

絵里の口調は恥ずかしそうだったが、もちろん拒否することはない。ゆったりとした動作で四つん這いになっていく。

「こんな、エッチな気分になれるなんて……」

「エッチな気分がお好きみたいですから」

「ああっ、嫌なひと……」

（セックス・ダイナマイト……）

突然そんな言葉が博之の頭に浮かんだ。

火をつけると、連鎖爆発する肉体。だったら、最後までしっかり爆発させてやらなければいけない。

「どうして欲しいんだい……」

美熟女の背後から迫った。

「ああっ、ここに、ここに、旦那様の太いお注射をずぼっと……」

豊満な尻を振りながら、上品な口調で下品なことをおねだりする。

「絵里っ！」

我慢ならなかった。盛りのついた犬のように、博之は偉大なる臀部《でんぶ》に挑みかかる。

たっぷりとした尻朶を両手でむんずとつかみ、外側に押し広げて中心の媚肉を剝き出しにすると、剛直を一気に突き出した。

「あおーっ」

一瞬花弁がねじれ、しかし、絵里の叫び声とともに、肉棒は女の秘沼の中にずぶずぶと吸い込まれていく。

「おおおおーっ」

「あひーっ」

敏感に反応した絵里は身体を震わせている。上半身から力が抜け、背中が弓なりに反っている。

「ああっ、やっぱりぃ……、太いぃ……」

「奥まで入っちゃったよ……」

肉棒は尻のあわいにすっかり埋もれている。立膝の博之は未だ動けない。正常位と後背位とでは、肉茎と膣肉の位置が逆になり、その感触を味わっていると、直《す》ぐに動くにはあまりに惜《お》しい感じだ。

「ハッ、ハッ、ハッ……」

しかし、いつまでもこのままでいるわけにはいかない。もう少し、中の感触を味わったら動き出そうと思った。

それは、絵里も同じだったようだ。博之の前に絵里が動き始めた。

「ああっ、あたし、もう我慢できないっ」

博之が動かなかったのが耐えられなかったらしい。ヒップをゆさゆさとグラインドし始める。

「あああっっ、絵里ッ」

こうされればまさか動き出さないわけにはいかない。彼女の動きに合わせて腰を回す。それが微妙《びみょう》な差になって、蜜壺の感触が変化する。

その変化が更なる快感を呼び起こす。

「ああん、ああっ、イイッ、あふん……」

絵里のよがり声に合わせるように、自ら腰を前後に動かし始める。鋼鉄のような肉棒が長いストロークで出入りし始め、すさまじい快感が全身を駆け巡った。

「うらあっ、おおっ、ハアッ、ハアッ、ハアッ」

「ああっ、あうっ、ああっ、あん」

ストロークのリズムが安定すると、それを味わおうと絵里の動きもそれに合わせるようになってくる。博之の攻めもだんだん激しさを増してくる。

「絵里のオマ×コ、なんて気持ちいいんだ！」

「だって、旦那様のおち×ちんが硬くて太いから……」

「襞々《ひだひだ》が絡みついてるよぉ……」

「先っぽのカリのところが、ああっ、こすれているの……」

博之が卑語《ひご》で誘うと、それにまして淫語で答えてくる。自分のエッチな気分を伝えたいという欲望よりも、卑猥《ひわい》な言葉で更に快感を高めようとしているようだ。

博之もどんどん乗ってきた。ストロークが力強くなり、ピッチもますます速まった。皺袋が陰唇に当たり、ぴちゃぴちゃと音が鳴り響く。

絵里の喘ぎがますます激しくなる。

「ああっ、もっと、もっと、旦那様のチ×ポで絵里を滅茶苦茶にしてぇッ」

「ああっ、エリィ……」

女体が波打ち、ぐっとヒップを突き上げる。それは、博之の突き込みと同時だった。熟女の奥深くまで一気に肉棒が入り込み、先端が子宮口をこじ開けるように衝突する。

「ああっ、なんて凄いのぉ……、ああっ、気持ち良すぎる」

「僕も一緒だよぉ……」

女の奥を激しく突くと、博之の頭の中も真っ白になった。

「わわわわわっ」

快感がものすごい勢いで盛り上がり、もう何も考えられなくなった。無我夢中で出し入れを繰り返す。

絵里も体中をがたがた震えさせ始めた。

「あぁっ、ダメッ、あああっ……、イク、いく、イッちゃううう……」

「絵里、僕もだっ」

絵里はエクスタシーの大波に飲み込まれようとしていた。叫び声とともに、膣襞がうねりだす。大量の愛液がどくどくと吹きこぼれていく。

博之も限界だった。

「中に出すぞ……」

確認するように宣言した。

それから、最後の追い込みと言わんばかりに激しく腰を動かす。

陰嚢が持ち上がり、力強い射出感が身体の奥から込み上げてきた。

「あああっ、イイの、中にぃ、中に、頂戴ぃぃぃぃぃ」

絵里も本能の叫びを喉奥から迸らせる。

「ようし、今だっ」

博之は絵里の桃尻をがっしりと抱え、体を固定すると、中に白濁液を噴き上げる。

「あぁっ、またぁ、イク、イクぅ……」

受け止める絵里は、更に絶頂を極める。肉棒根元の膣口がぎゅっと締め付けてきた。

「おおっ、おうっ」

中年男のペニスは更に締め上げられ、残った精液を搾り取られる。下半身から全てが吸い上げられたような気がした。

絵里も布団の上に潰れて、声も出ない。

その隣に博之も転がった。

第三章　繋がりっぱなしの快楽

1

結局、絵里の部屋にも三日間通ってしまった。

絵里は外見的にはまさに深窓のお嬢様風で、お淑やかさを絵にかいたような女性。家事も完璧で息苦しくなりそうだが、ベッドの中での奔放さは水希の上をいっていた。

(このままいたら腎虚《じんきょ》になりそう……)

博之は精力絶倫のつもりでいたけれども、絵里と一晩過ごすと翌朝腰が抜けたようになってしまう。初日はそれが逆に嬉しくてたまらなかった。しかし、三晩も泊まってし続けると、四日目の朝はさすがにへとへとだった。

もちろん絵里のことは嫌いではない。ただ、昼間のきちんとした姿と夜とのギャップがありすぎて、自分では制御しきれないのではないかと感じてしまうだけだ。

さらに水希と絵里、ある意味正反対の女と三日間ずつ暮らしてみて、三人目も試してみようという気が、以前よりも強くなってきた。また新たな発見があるかもしれない。

三人目として選んだのは、蓮杖麻耶である。都内の短大で教鞭をとっている学者だ。研究や大学の教職の世界は、希望者は多いのだが、少子化の影響でポストが削られており、非常勤講師のポストを得るのも大変らしい。

麻耶はかろうじて短大の常勤ポストを持っているが、その短大自体の廃校が決まっており、夫の世話をしながら研究を続けたい、という希望を持っていると作文に書いてあった。

（家事は不得意そうだし、エッチも真面目かもしれないな……）

そんな女をなぜ選んだかと言えば、博之の行きつけのソープの女の子に似ていたからだ。

そのソープ嬢を知ったのはもう七、八年前だろう。最初の出会いはフリーで入ったお店でのことだ。

「さくらです」

丸顔で、美人というより可愛らしさを感じさせる子だった。

「あたし、こういうお仕事初めてなんです」

そう言いながら相手してくれた。女子大生という触れ込みだったが、彼女の仕事は初々しいけれどもとても丁寧で、人気がすぐ上がっていった。

博之もその健気《けなげ》なサービスが気に入って、なけなしのお金を貯めて、貯まる度に何度か出かけたものだ。とは言うものの、彼女の出勤の頻度《ひんど》は少なく、予約は大変だった。

「あたし、学費分だけ稼げればそれでいいんです」

よくそう言っていたが、それはどうも嘘ではなかったらしい。二年ほどで退店し、その後は音沙汰なしになった。

博之は失恋した気分だった。

風俗嬢がその仕事をするのはお金のため以外の何物でもないし、博之のことを愛してくれている、などということはあり得ない。

そんなことは百も承知だ。しかし、博之の十数年の風俗遍歴の中で、彼女より気に入った子がいなかったのもまた事実だ。相性が抜群によかったのだ。

彼女も、博之が入ると、「ひーさま、ひーさま」と積極的に相手してくれて、そのイチャイチャの感じが、なけなしのお金をはたいて通った博之にとっては最高の癒しだった。

麻耶がさくらであることはないだろうが、麻耶の写真はさくらにそっくりだった。それが、博之の気持ちを掻き立てた。

「ただいま」

インターフォンに向かって言うと、ちょっと間をおいて、

「お帰りなさい。今開けますから、待っていてくださいね」

明るい声が聴こえた。

耳を澄ましていると、ばたばたと廊下を走る音がして、ドアがばたっと開かれる。

「あなたぁ、お帰りなさい、お疲れでしょ」

顔を出したのは、エプロン姿のさくらにうり二つの女性だった。

博之はあっけにとられた。

(ここまで似ているとは……)

もちろん、さくらは腰近くまでのロングヘアであったのに対し、麻耶は首筋が見えるショートボブ。メイクもさくらのような華やかなものではなく、大学教員らしい地味なものではあったし、眼鏡もかけていた。しかし、眼鏡の下のリスのようにくりく

り動く瞳がさくらにうり二つだ。

「そんなところで、びっくりした顔をしないで。澤村さんの家なんだから、もっと堂々と入っていいのよ」

「は、はい」

「お鞄、お持ちします」

（ああっ、これもさくらと一緒だ）

あの店では、そう教育されていたのか、ソープ嬢がお迎えに来るとまず鞄を奪われるのがいつものことだった。

「では、どうぞこちらに……」

麻耶は先に立って歩き始める。

その後ろ姿を見て、博之は仰天《ぎょうてん》した。

「は、裸エプロン！」

背中にはエプロンの紐が交差しているだけだった。くびれたウェストも豊満なヒップも何も隠されていない。華奢な肩からくびれたウェストになだらかな傾斜《けいしゃ》が続き、そこから急激に丸い桃のようなヒップが後ろから一目瞭然だ。

相対したとき、肩が剝き出しで「変だな」とは思ったけれども、ここまで過激な格好をしているとは、当然考えてもいなかった。

「あわわわわわ……」

あまりにびっくりして、言葉にならない。

麻耶はそんな博之の反応に驚いた様子も見せず、ソファーに座るように促《うなが》した。

「お着替えしましょうね」

まず背広の上着が脱がされ、ハンガーにかけられる。麻耶は博之の前で立膝になると、ネクタイの結び目に手を掛けて外したかと思うと、次はワイシャツのボタンを外し始める。

裸エプロンの美女が目の前でサービスしてくれる。これは本当にソープみたいだ。

麻耶の顔が上に伸びてきた。そのまま、目を軽く瞑り、キスをせがんでくる。

「お帰りなさい、あなた」

たまらず、博之が唇に吸い付いていくと、そのままディープキスになった。麻耶の舌が積極的に侵入し、博之の舌と交接する。

「ペチャペチャ」

舌同士が別な生き物のように擦りあい始め、博之はうっとりとする。

その間も麻耶の手は博之の服にかかり、少しずつ脱がされ続ける。

「服を脱ぎながらキスするなんて……」

「いいでしょ。こうやってイチャイチャしながら裸になるのも……」

これも考えてみると、さくらのスタイルだった。やはり、麻耶はさくらなのか？

博之が恐る恐る確認する。

「ひょっとして、さ、さくらちゃん？」

「え、さくらちゃん、ってどうかしたの？」

「いや、なんでもない」

澄ましてそう言われてしまうと、それ以上、突っ込むことはできない。

それにしてもキスは上手かった。博之がぼうっとしてしまいそうになる。

「麻耶さんって、大学の先生なんでしょ」

「そう。国文学を教えているの」

答え終わると、またすぐに唇同士がくっつきあう。

「なのに、何でこんなに積極的なの？」

「それはね、あたしがエッチで、博之さんとエッチにいちゃいちゃしたいから……」

「だから、裸エプロンなの？」

「そう。だって殿方って、家に帰って裸エプロンの奥さんがいて、帰るなりに即々を始めてくれたら、最高に幸せなんでしょ？」

唇がくっついたり離れたりしながら会話をしているうちに、いつの間にか、博之はパンツ一枚の裸にされている。

「うふふ、すっかり元気ね」

テントを張ったトランクスに麻耶が手を掛けた。

一気に引き下ろす。既にいきり立っていた逸物が飛び出す。

「このビヨン、という感じがやっぱり好き」

そう言うと、麻耶は何の躊躇もなく亀頭を咥えた。

「いいのかい。まだシャワー浴びていないよ」

「博之さんのこの汗くさい感じが好きなの……」

舌が、亀頭をぐるぐると舐めまわしたかと思うと、舌先が鈴割れをくすぐっている。

「ああっ、これっ、これはっ……」

このフェラチオの始め方が、さくらにそっくりであることに博之は気づいた。

博之は、さくらのサービスを思い出しながら、麻耶のフェラチオを味わうことにした。

麻耶はすっかり亀頭を口に収め、カリの周辺を舐めるのに余念がない。更に裏筋への刺激も忘れない。

（ああっ、これもさくらとおんなじだよ……）

さくらのフェラは博之にはちょうど良かった。

風俗歴の長い博之はたくさんのフェラチオの経験があるが、自分の趣味にぴったりと合うやり方でサービスしてくれた例はあまり多くない。だいたいは強すぎたり、弱すぎたり、サービス時間が短かったりして、納得できずに終わるのが常だ。

それに対して、さくらのサービスは、本当にぴったりだった。痒いところに手が届くようなフェラチオだった。され始めて数分すると、気持ち良さが急に盛り上がってたまらない気分になるのだ。

その時と同じ盛り上がり方を、今、博之は感じている。

最初表面をなぞるようにして形を確認していた舌がだんだん奥に入り込み、それに合わせるように長太い肉竿が口の中に消えていく。

大学准教授とは思えないねちっこさだ。

「ああっ、あっ、たまらない！　麻耶さん」

博之は無意識のうちに感動の雄叫びを上げていた。

「じゅるじゅるじゅる」

それに対して麻耶は粘っこい吸い上げで答える。

（ああっ、さくらのことを思い出す……）

さくらがまさに、この二段フェラが得意技だったのだ。最初は亀頭やカリ周辺を柔らかくほぐし、十分に唾液塗れになると、今度は一気に奥まで入り込む。

上から顔を覗き込む。ボブカットの髪が掛かって表情がはっきり見えないが、淫蕩な雰囲気は十分に立ち上がってくる。

（ああっ、やっぱりさくらだよ。こんな表情する女はさくらしかいない……）

麻耶の頭の動きがダイナミックになっている。このままフィニッシュに持ち込まれそうだ。

「さくら、こんなにされたら、出ちゃいそうだよ」

「ひーさま、まだ出しちゃダメっ」

昔のソープでのやり取りと一緒だった。さくらの即フェラはいつもぎりぎりまで追い上げて、そこでやめ、すぐさまベッドイン、という流れだった。

「えっ、やっぱりさくらなの……？」

そう再び問うと、フェラチオを止めた麻耶は、立ち上がって博之の隣に腰を下ろした。

改めて、こちらと目を合わせてうなずく。

「はい、さくらです。ひーさま、さっきはちょっとトボけてみたんだけど、ひーさまったらそれ以上突っ込んで来ないから……」

今度は手で逸物を扱きながら答え続ける。

「多分そうじゃないかな、とは思っていたけど、まさか、あのさくらちゃんが大学の先生になっているとは思わなかったから、ずっと半信半疑でいたんだ。それにしても、よく僕のことを覚えていたね」

「そりゃ、覚えていますよ。お仕事しているときに、本当によく来てくださいましたから……」

確かにそうだ。さくらの店に通ったころは、『五万円がたまったら、さくらのところに通える』という一念で必死に仕事をこなしていた。

ちょうど景気がよくなり始めたころで、自分の評判も上がってきて、それまでのかつかつの生活から、少し余裕が出てきていた。

さくらには、新人で入店したころにフリーの客で入って気に入り、二度目はその半年後、その後はだんだん間隔が狭くなり、彼女が退店する頃は、食事すら切り詰めて、月一ぐらいのペースで通っていた。

「じゃあ、僕が好きだったラブラブのスタイルやってみてよ」

「はい、そんなの、お安い御用です」

麻耶は博之の膝に乗ってきた。両手を大きく首の周りに廻す。眼を瞑ってキスを求めてくるところも、昔と一緒だ。

「こうやって、さくらがお膝に乗るのが、ひーさま、お好きでしたよね」

「ちゃんと覚えてくれているんだ、凄いな」

「それは、ひーさまだから。他のお客様のことはほとんど覚えていません」

「そんなこと言って、結構覚えているんじゃないの？」

「そんなことありません。あの頃もひーさまは別格だったの……」

「その割には、辞めるときは何の連絡もくれなかったよね」

「ごめんなさい。ちょうど予定のお金がたまったから、きっぱり足を洗ったの。ソープ嬢のさくらはあの日に死んだと思って欲しかったから、誰にも連絡しないって決めていたんです」

「その時、どこかに移ったわけじゃないんだね」

「違います。ソープ嬢になったのは、学費稼ぎという明確な目標があったから。貯めるまでは頑張ろうと思っていたけど、学費分を稼いだら、それ以上、ああいう仕事はしたくなかったの……」

「じゃあ、大学生というのは……」

「あの頃は正真正銘の大学生。四年生かな。最初から大学院に行くつもりでいたから、就活していなかったのね。その分ソープで働いて、院の入学金や授業料を貯めることにしたの。うちは結構両親との関係が悪かったし、父は私が大学院に進学するのに反対だったから、授業料まで払ってもらうわけにはいかなかったのよね」

「それは分かるけど、そんなに僕のことが気に入ったお客だったら、辞めることを教えて欲しかったよ。さくらが黙っていなくなったから、僕は、凄く寂しかったんだ。メールアドレスもすぐなくなっちゃったし……」

「ひーさまはきっと素敵な奥さんがいるだろうと思っていたの……」

「独身だと教えていたよね。あのころはさくら一筋だったんだから……」

嘘ではなかった。さくらが店にいる期間はさくら以外の風俗嬢と遊んだことはない。それぐらい、お気に入りだった。

「それは御免なさいね。でもこうやって再会できたんだからいいじゃない。それにあたしを奥さんに選んでくれれば、一生そばに居られるわよ」

麻耶は再びディープキスを求めてきた。

博之は膝の上の麻耶の口腔を舌で探りながら、麻耶を抱きかかえる。

「お姫様抱っこするからな」

即フェラが終わったさくらを抱きかかえてベッドに横たえ、帽子をかぶせて貰って本番というのがあの頃のルーティンだった。

今日は麻耶を抱きかかえてベッドまで運ぶ覚悟だ。

「大丈夫ですか？」

麻耶が心配げに尋ねてくる。

「大丈夫だよ。お姫様抱っこぐらい、まだ僕にだってできるさ」

しかし、立ち上がるとよろけそうになった。

「うふふ、無理しちゃいけないわ。さあ、ベッドに行きましょう」

博之は麻耶を降ろすと、二人でもつれるようにして寝室に向かった。

2

「さあ、エプロンを剝ぎ取ってください」

麻耶の言うなりにエプロンを剝ぎ取った。懐かしい華奢な裸体全てが目の前にあった。白くて薄い身体つきなのだが、形の良い乳房はやや大きめだ。お店に出ていた時よりも大きくなっているかもしれない。あの頃はFカップを謳《うた》っていたが、実際はEカップだったはずだ。しかし今なら正真正銘のF。いや、Gかもしれない。

「おっぱい、大きくなったんじゃない？」

「太ったんですぅ」

それでも身体がまだ華奢だと思う。

アンダーバストは十分に細い。そこから更にくびれてウェストがあり、ヒップの張り出しに続く。

「ウェストとかはあんまり変わらないでしょ」

「そんなことないわ。基本的に座って文献を読み解くのが仕事だから、油断するとすぐ太っちゃう」

「太って、おっぱいが大きくなるなら大歓迎だよ」

麻耶の美乳に手をあてがう。

「うふふ、ひーさまのおっぱい星人、変わらないわね」

「そう、変わらないよ。一生変わんないと思うな。特にこういう綺麗なおっぱい……」

背中側から指を立てるようにして乳房を掴んでみる。ぎゅっと力を込める。

「ああっ、あん、あん」

力を加えるタイミングで、色っぽい声が流れる。

「気持ちいいの？」

「ああっ、いいわ。ひーさまの力の加え方。やっぱり素敵……」

「それは、麻耶のおっぱいが最高だからだよ」

博之はもう麻耶をさくらと呼ぶのは止めようと思った。さくらが退店とともに死んだのであれば、今はもうさくらではなく、蓮杖麻耶という大学の准教授なのだ。

しかし、一挙手一投足が昔のさくらを思い出させるものだ。乳房を揉んだ時のプリッとした弾《はじ》き返しだって、昔のさくらと寸分の違いもない。

「やっぱり、麻耶のおっぱい、揉み心地が最高だよ」

「ひーさまの揉み方が上手だからですわ」

「僕はもう、お客さんじゃないんだから、そんなに褒めなくても大丈夫だよ」

「本当なの。お店辞めてから、おっぱい触られることなんか、すっかりなくなっていたから、久しぶりに揉まれて、気持ち良さを思い出しました」

「そう言って貰えるとホッとするよ」

麻耶が肉棒を握りしめてくる。

「おち×ちんだって、昔と一緒だわ。大きくて、硬くて……」

「そんなの、覚えているんだ」

「普通の人は覚えていないです。だけど、ひーさまのは別格でしたから。あたしが勤めていた時に見た一番大きいモノが、ひーさまのでしたから」

もちろん博之を喜ばせようとしているだけに違いない。大きさについては多分大きい方だとは思うが、硬さは昔ほどではない。それは自分が一番よく知っている。

「でも、どんなにお願いしてもスキンなしではさせてくれなかったよね」

「はい、あたし、あんなお仕事をしていましたけど、精液は結婚しようと思った人以外から身体に入れるのだけは絶対にしないと決めていましたから」

「じゃあ、今日もダメかな……？」

「違いますよ。あたしはひーさまのお嫁さん候補としてここに来ているんですから、スキンなんか着けちゃいやですぅ……」

そう言いながら肉棒を扱いてくる。

博之の手もまだ麻耶の乳房を触っていたが、そちらに気を取られ過ぎない程度に力を弱めて、肉棒に麻耶の気持ちを集中させる。

「うふふ、本当に大きくて硬いわ……」

淫蕩に笑う麻耶の瞳に、炎が燃えている。

麻耶は亀頭の窪みにつーっと唾液を垂らした。細い指でそれを満遍《まんべん》なく延ばしていく。部屋のダウンライトにその液体がきらりと光る。

「大学教授とは思えないエロさだよっ」

「うふふふ、大学教授だって、その本性はエッチの塊だったりして……。実は、専門は江戸時代の風俗で、今の研究テーマは吉原のしきたりについてなの」

「ええっ、そうなの？」

「うん、特にね、遊女がどんなセックスをしたのかは、大事なテーマ」

「えっ、江戸時代の遊女のセックスのテクニックのことは詳しいの？」

「残念ながらそれは研究中。分かったら、その手練手管で、ひーさまをイカしてみせようかな……」

扱く手捌《てさば》きが激しくなっている。そのエロさに当てられて、博之の肉棒は鋼鉄のようになり、先端からは透明な液が染み出し始めている。

「すっかりカチンカチン」

麻耶は本当にうれしそうだ。

「もう一回おしゃぶりするね」

麻耶は大きく口を開けると、長大な逸物を一気に喉奥まで送り込み、ロングストロークでおしゃぶりを始める。

「んぐん、うはっ、うっ……」

「おおっ、麻耶のフェラっ、気持ちいいよっ」

そのままゆったりとフェラチオを続けてくれればよかった。しかし、麻耶はロングストロークのままピッチを上げていく。

「おおっ、そんなにされたら、出ちゃいそうだよっ、もっとゆっくり……」

「ううん、駄目、ひーさまにはもっと気持ちよくなって貰うのっ」

一瞬口を離して早口でそれだけ言うと、麻耶はまた肉棒に食らいつく。

その技巧は単に激しいだけではない。その中に舌先を使った細かい技巧もあった。

射精感がぐんぐん立ち上がってきて、博之はもう限界だった。

「ああっ、そんなにされたら、出てしまうよっ！」

中年男は回復力が弱い。そうでなくとも、毎晩、水希や絵里に搾られる生活を送ってきたのだ。今口に出してしまったら、その後は空砲になって、一番大切なところにザーメンを送り届けられないかもしれない。

その気持ちが以心伝心で伝わったのか、麻耶は突然フェラチオを中断して口から肉棒を吐き出すと、そのままベッドに仰向けになった。

「だったら、こっちにくださいな……」

そう言ってしどけなく股を開いてみせた。こういったエロ可愛い恰好が自然とできるのがさくらの真骨頂だった。今それがここで再現されている。

欲情がマックスだ。いくしかなかった。博之は麻耶の上に覆いかぶさる。それに合わせるように麻耶も更に脚を大きく開く。

「入れるよ」

「ああっ、早くぅ」

昔のように裂け目を手で探り、花弁の位置を確認して、肉棒をあてがう。一気に中に押し込んでいく。

「……んあああっ、来たあ……」

麻耶は感極まったように天を仰《あお》ぐ。しっかりと受け入れようと腰をくねらせ、自ら引き込もうとする。

(昔はこんな感じではなかったけど……)

決してマグロではなかったけど、挿入後こんな積極的に動く女でもなかった。

しかし、今日は、すっかり奥まで到達した。

「おおっ、麻耶の中、温かいよ。それにうねうねと、動いている」

「ああっ、ひーさまっ、生で入れるって、こんなにいいのっ？」

生で入れたことがないというのは、本当なのかもしれない。麻耶の乱れ方が昔とは確実に違っていた。

膣襞がしんなりと肉茎に巻き付き、溢《あふ》れる牝汁が脈動を潤している。

「そうだろう。生の方が絶対に感じられるんだっ」

じっとして中を味わいたかったが、本能がそれを許さない。気が付いたときは、博之は、腰を前後に動かし始めていた。

「ハアッ、ハアッ、ハアッ、ハアッ……」

「ああっ、ひーさまのおち×ちんがぁ、麻耶を……。なあっ、ああっ」

昔はゴムを隔てたプレイで隔靴《かっか》掻痒《そうよう》の感があったが、中で生肉を感じると、くっきりと中の形を思い出せそうな気がする。

うねうねと脈動する膣襞が素晴らしすぎた。抽送のタイミングに合わせて、キュッキュッと締め付けてくる。

「さくら、じゃなくて、麻耶の中がこんなに気持ち良かったとは……」

「さくらって呼んでくれてもいいのっ。あっ、で、でも気持ち良すぎるぅ……」

「僕だって一緒だよっ」

抽送の勢いが自然と強まってしまう。中年男と熟女のセックスなのだから、もっとゆっくりと盛り上げたほうがいいに決まっているのだが、どんどんアクセルが踏み込まれてしまう。

「ああっ、凄いよっ、ヤバっ」

腰を動かせば動かすほど気持ちがいい。そして、その時は突然やってきた。鋭い射精の感覚が突き上げてくる。

(こんなに早く……?)

水希の中もよかったし、絵里もしっかりと締め付けてくれた。しかし、こんなに早くイクことはなかった。

(身体が馴染んでいるんだ……)

こうなると流れに身を任せるしかない。腰のピッチを限界まで速くする。

「ああっ、駄目だっ……、出るぅ」

「あたしもイクぅ、イクぅ、一緒に……。ああっ」

麻耶が背中をそらし、男を迎えるように、膣口がきゅっとすぼまる。

「あっ、あああっ」

それ以上はもう耐えきれなかった。博之は吠えると同時に射精していた。

「うあああっ、ああっ、来てるぅ、来てるぅ、精液があたしの子宮にかかっているぅ。この感覚初めてぇ……」

白濁液を子宮口に命中させると、麻耶はすがりつくように身体を密着させ、小刻みに身体をわななかせる。

避妊具ありのセックスでこんな反応をしたことがなかったので、博之も驚いた。ひとしきり注ぎ終わると、女体はそれを理解したのか、女穴は更にきゅっとすぼまって、雫を搾り取った。

そして女体が弛緩《しかん》する。海綿体の血流も流れが収まって、つるりと押し出された。

「久しぶりだったけど、昔以上に興奮したよ」

「あたしも同じですぅ。避妊具を着けないと、エッチって、こんなに気持ちいいものだったんですね」

3

交接が終わると、二人の気分はぐっと落ち着いた。時計を見るとまだ夕方七時だ。

博之が家に着いたのが六時過ぎだったから、まだ一時間も経っていない。

「即々プレイになっちゃったね」

すっきりした博之は未だベッドの中で放心状態の麻耶に声をかけてきた。

「夕飯作らなきゃ……」

ぼうっとしていた麻耶が答える。

麻耶は今日からの生活が試験であることを意識していた。セックスをしたからといって、夕食の準備をなおざりにしたら、評価は下がるに違いない。

のろのろと起き上がる。

「その前にシャワーを浴びよう」

博之が、腰が半分抜けたようになっている麻耶を浴室に引っ張っていった。

これがソープだったら、シャワーの準備は麻耶の仕事だ。しかし、ここは、博之がてきぱきとシャワーの準備を始めた。

「いつも僕が洗ってもらっていたからね。今日は僕がサービスするよ」

「そんな、あたしがやります」

「いいよ、いいよ、僕にやらせてよ」

博之は優しかった。温度調節したシャワーを浴びせてくれて、たっぷりシャボンを付けたボディスポンジで身体を擦ってくれる。

「色っぽい麻耶は、本当に好きだよ」

「あたしもひーさまが最高です」

しかし、一度中出しした後だったためか、それ以上の行為はしてこない。ただビーナスを扱うかのように、丁寧に身体を拭《ふ》いてくれた。

「今日は一日裸エプロンでいてくれるかい？」

「もちろんですよ。ひーさまは旦那様なんですから、そんな遠慮っぽい口調ではなくて、命令していいんですよ」

「分かった。じゃあ、僕はどんな格好をしようか？」

「だったら、ひーさまも一緒に裸エプロンになって、あたしと一緒に料理作るのって、どうですか？」

「それはいいねえ。火に気をつけて、やってみよう」

キッチンへ入った。

「何を作るつもりだったの？」

「かやくご飯と肉じゃが、あとは、サラダとみそ汁です。サラダはできているし、かやくご飯に混ぜるかやくももうできているから、ご飯が炊き上がったら混ぜるだけです。肉じゃがも野菜を切るところまではやってあるから、あとは煮込むだけです。全然手を付けていないのは、みそ汁だけ」

「大学の先生なのに、結構料理、得意なんだ」

「そんなことないですよ。研究が忙しくなると、料理するのが面倒になるので、大抵は煮返せば食べられるようなものを大量に作って、繰り返し食べてますね」

麻耶はそう言って謙遜《けんそん》してみせたが、料理の腕は決して悪くないはずだ。本当は博之に手伝って貰わなくてもいい。

でも一緒にいて、エッチな格好を見せていれば、またムラムラしてくれれば襲ってくるだろう。

麻耶が今回の嫁選びコンテストに登録したとき、最初は相手が誰だか分からなかった。博之が相手だと知ったのは、説明会に参加して、博之の写真を見せられた時だ。

(あっ、ひーさまだ)

大学院生の時、学費を稼ぐ一番効率的な方法として高級ソープに勤め、二年間在籍した。何人か常連客がついたが、その中で一番貧乏だったのが博之だろう。

「僕の楽しみはね。こうやってさくらちゃんに会うことなんだ。そのために毎日千円ずつ貯金して、あと、おつりとかが出ると、それも貯金箱に入れるようにして、五万円貯まると予約の電話を入れるようにしているんだ」

　オタクをそのまま中年にしたような男で、最初はキモい、と思ったが、何回かお客として来てくれるうちに、麻耶も一番気安く話せる相手になっていた。

　もう一つ博之が凄かったのは、そのペニスだ。巨根である客は他にもいた。しかし、形のふてぶてしさと硬さと太さとがここまでバランスが取れている肉棒はなく、スキンを着けていても本気でイカされそうになってしまう。

　麻耶がソープ嬢を辞めた後、恋人を作らなかったのは、勉強が忙しかったのが一番大きい理由だが、プライベートでも、博之としたようなセックスはできないだろうな、と思ったこともある。

（ひーさまは、あたしがさくらだということは直ぐに気づくだろうな……。そうしたら、絶対に選んでくれないよ）

　麻耶はソープ嬢のバイトをしていたことを後悔したことは、これまで一度もなかった。しかし、「嫁選び」の相手が昔の御贔屓さんだったことを知った時、初めて後悔した。

（でも、最終的に選んで貰わなくてもいい。テストを受けさせてくれて、彼と新婚生活のシミュレーションをさせて貰えれば、それで十分満足だわ）

その願いが通じたのか、博之は「嫁選び」の対象に加えてくれた。

七年ぶりで会った博之は昔の博之だった。エッチのちょうどいいねちっこさも、久しぶりにセックスした熟女の身体を燃え上がらせてくれた。

「何したらいいのかな？」

博之が訊ねてくる。

「冷蔵庫にかやくご飯の具が入っていますから、それをレンジでチンして、ご飯が炊きあがったら混ぜて、盛り付けて貰えますか？」

博之に指示を出しながら、麻耶はガス台の前で肉じゃがの煮込みとみそ汁の調理を続けている。

しばらくすると、背後に気配を感じた。後ろから博之が抱きついてきた。下半身の塊が、エプロン越しに尻肉に当たった。

「裸エプロンで、てきぱき仕事をしている麻耶を見ていたら、急にムラムラしてきたよ」

「もう少しで全部出来上がるから、それまでちょっとだけ我慢してくださいね」

麻耶はもちろんこういうことを期待して、裸エプロンを選んだのだ。しかし火を使っている今はちょっと危ない。

中年男は我儘《わがまま》を言わないのが助かる。

「分かった。せっかくだから、ここだけ、ひと撫でさせてよ」

太股の間から、指が突っ込まれたかと思うと、剝き出しの花弁に指が添えられ、割り広げられるようにひと撫でされた。

「ああん、エッチ」

麻耶は思わず恥ずかしい声を上げた。

食事の用意を全て食卓に並べ終わると、

「お待ちどうさま」

そう言った博之が自分のエプロンを脱ぎ捨てて全裸になった。さっき一度果てたはずの屹立が天井を向いている。

「お互いの身体をオードブルにしようよ。まず、麻耶が僕を味わうんだ」

腰を突き出して肉棒を振ってみせた。

「いい年して、元気ねえ」

麻耶はすっとしゃがみ込んで撫で始める。

「むちむちぷりんの奥様に裸エプロンで家事されたら、年なんて忘れてしまうよ」

ぴくぴくと脈動している逸物には精気が漲《みなぎ》っている。

「ああっ、やっぱり凄い」

男を気持ちよくさせるために、どう舌や唇を使ったらいいかは知っている。しかし今は、自分の思うがままにおしゃぶりしたい。

普通するような亀頭やカリへの愛撫は一切省略して、一気に喉奥まで先端を送り込んだ。

えずきそうになるのを堪《こら》えながら、チュパチュパ音を立てながら舐めしゃぶった。

(ああっ、美味しい！)

ディープスロートは確かに大変だけど、愛する人の逸物を味わうには、これが一番ふさわしいのだ。

大きく顔を前後に動かしながらじゅぶじゅぶと音を立てると、博之の満足感も並大抵ではなさそうだ。

「ああっ、麻耶っ、ううっ、豪快過ぎるぅ……」

ふと目を横にすると、鏡に自分が博之をフェラチオしている様子が映っている。

裸エプロンで、おしゃぶりする様子を鏡に映すと、そのいやらしさがよく分かる。

麻耶が鏡を見ていることに気づいた博之も鏡を見た。

「咥えている姿をこうやって映すと、僕のチ×ポって大きいんだね。上から見ているのとは感じが違うよ」

「そうですよ。これだけ大きく口を開けてやっとなんですから」

肉棒の太さが、小顔の麻耶の半分ぐらいありそうだ。

それでも更にチュパチュパする。顎が外れそうになり、涙も出そうだ。しかし、博之の快感も凄いようだ。必死で踏ん張っているが、肉棒から発信させる痺れが、足を震えさせている。

「ああっ、ありがとう。そ、そろそろ、攻守交替だ……」

博之は麻耶の両手を引き上げるようにして立ち上がらせた。

「ああっ、もっとおしゃぶりしていたかったのに……」

「でも僕も口が寂しいし、それにこのままいくと、お口の中にぶちまけそうだから」

そう言いながら、博之はエプロンの胸当てをぎゅっと握りしめ、乳房を剝き出しにする。

「ああっ、えっち！」

「こういう風におっぱい出すと、裸エプロンが更にエロくなるよぉ」

にこにこしている博之の眼は少年のように見える。

「じゃあ、僕もご馳走になるね」

しゃがみ込んだ中年男は、前掛け部分を持ち上げて、黒い叢《くさむら》を剥き出しにする。

鏡に映る姿がますますいやらしい。

「恥ずかしいよぉ」

「だって、エッチで恥ずかしいことをしているんだから……」

そう言うなり、中年男は股間に舌を伸ばしてきた。

博之はとても気分がよかった。ちょうどいい感じでエッチな行為が出来ている。

股間から流れ出る蜜の量が半端ではない。

「もう、すっかりトロトロ……」

ちゅるちゅる吸い上げる。

「料理していた時もずっと濡れていたね」

「ああっ、恥ずかしい」

麻耶は顔を両手で覆って、身体を捩《よじ》らせる。それに合わせるように剥き出しの乳房がフルフルと震える姿がいやらしい。鏡に映る二人を見ると、興奮が増幅するようだ。

クリトリスを集中して舌でノックする。

「ああっ、いやん、立っていられなくなる、あっ、ああん……」

みそ汁が湯気を立てている。オードブルはおしまいにして、さっさと夕飯を食べ始めるのが正しいのだろう。

しかし、ここまで来ると、もう一度二人ともイカないと食事に集中できそうもない。

小豆《あずき》ほどの突起を転がすように舐めていく。

「ああっ、あん、気持ちいいの……。アアッ、ひーさまっ……」

麻耶はさっきの自分と同じように、敏感に反応して白い太股を震わせる。そして、ついに立っていられなくなり、後ろのソファーにへたり込んだ。

博之はそこに覆いかぶさるようにして、麻耶の両足を自分の肩にかけ、更にむき出しにした股間を舐め続ける。

「あああん、やあん、そんなに激しく舐めたら……、あああん」

身体をピクピク震わせながら、麻耶はひたすら喘いでいる。

「オードブルの仕上げはどうして欲しいの」

「ええっ、もう十分気持ちいいから……」

「そうなの。僕はエッチを仕上げにしたいけど。麻耶は普通の御飯がいいんだ」

「ああっ、意地悪ぅ。麻耶も、御飯よりひーさまに食べられたい」

お尻を振りながら悩ましげに見つめる女は、三十路《みそじ》の大学准教授にはどうしても見えない。

（可愛すぎるよっ……）

可愛いだけに蹂躙したくなる。

「テーブルに両手をついて、お尻を突き出すんだ」

ソファーから引っ張り上げる。

「こんな、エッチな格好をさせるんですね」

麻耶は言われた格好をして、鏡で確認している。エプロンの前垂れの部分が垂れ下がり、丸い美尻が剝き出しに突き出されている。横に無理やりに出された乳房とともにいやらしさが増幅されている。

麻耶は切なさげに尻をグラインドさせ始める。

「麻耶って、本当にエッチなことが好きなんだね」

「ひーさまが、そうご命令されるからですぅ……」

博之の意地悪な言葉に抗議するように言う。

「でも、麻耶のオマ×コ、ヒクヒクして、チ×ポ欲しいって言っているよ。麻耶の上のお口も正直に自分の気持ちを言おうよ」

「ああっ、言っていいんですね……」

「もちろんだよ。素直な心をいやらしく言うんだ」

「ひーさまのその硬くて大きいおち×ちん、麻耶のオマ×コに入れてください」

「獣のようにするけどいいねっ」

「あたしもひーさまと一緒に獣になるっ」

麻耶の切ない声を聴くと、既に興奮状態だった逸物が更にいきり勃《た》つ。

「後ろからいくよっ」

そう言いながら、博之は麻耶の腰を抱え、後ろから膨れた亀頭をあてがい、ゆっくりと押し込んでいく。

「ああっ、あっ、これっ、凄いぃ」

鏡に映る姿が格別だ。逸物が中に入っていくと、麻耶の足が爪先立ちになり、尻が浮き上がる。

「ああっ、ひーさまのがいいのっ」

麻耶は更に中まで引きずり込むように尻をくゆらせる。

「おおっ、やっぱり、麻耶の中が最高だっ」

中の淫液が滾っており、肉茎に絡まると更に肉襞がいななく。それが一番感じる裏筋を擦《こす》り、気持ちよく刺激する。

「ああっ、ひーさま、動かさないでぇっ。動かされると、ああっ、麻耶っ、立っていられなくなるぅ……」

そうやって足を震わせている姿が、この上もなく愛おしい。

「無理だよ。こんなに気持ちいいと、自然に腰が動いてしまうぅ」

博之は、引きずり込む肉襞の動きに合わせるようにピストンのストロークを大きくしていく。

「ひゃあああああっ、奥が、奥が突かれるぅ……」

よがり声は男のピストンを更に刺激する。

「ああっ、凄いっ、あああん、お腹までおち×ちんが入っているのぉ……」

半眼を開き、恍惚《こうこつ》の表情で、博之の巨根を楽しんでいる。

身体が蕩け切ってふにゃふにゃだが、支えている手には震えが伝わり、頑丈《がんじょう》なテーブルもギシギシ言い始める。みそ汁が波打っている。

(零しちゃまずいな……)

博之は剝き出しの両乳房に掌をあてがい、自分の膝を曲げて麻耶を抱きかかえ、そのまま腰を突き出して、ペニスを子宮口に密着させたまま引っ張る。そのまま腰を動かして中を深く突こうとするが、さすがに体勢が不安定で上手く突ききれない。

博之は自分がソファーに腰を下ろし、小柄な麻耶を自分の膝の上に乗せた。

「あああん、だめっ、これ、あああん、ああっ、こんなに凄いの、久しぶりぃ……」

背面座位で繋《つな》がったことで、体重がかかった麻耶の子宮口は、更に強く突き上げられる。

それを感じながら、博之はソファーのばねの力を助けにしながら、下からピストンで突き上げるつもりだ。乳首がビンビンになっている。

「きもちいいの？」

半狂乱の麻耶に確認を取る。

「さ、最高ですぅ」

「もっと激しい方がいいの？」

「ああっ、で、できれば、もっと突いてっ。麻耶を壊れるぐらい突いて、滅茶苦茶にしてくださいぃっ」

みっちり収まった肉茎がずっと脈動していて、先端からはカウパー腺液がずっと漏れ出している。

博之も限界に近かった。

（こんなに早いインターバルで回復するなんて、最近はなかったよな）

昔からの肌の合った女とするということが違うのだろうか。そう思うと麻耶が申し込んでくれたことを深く感謝したくなる。

しかし、その気持ちは言葉にせず、腰の動きに力を込める。

ソファーのクッションを使いながら雄々しく突き上げると、華奢な麻耶の身体が跳ね上がる。

「あああ、あはん、はあああん、凄いっ、凄いのおっ、あひいいいいっ、麻耶の身体が壊れるぅ……」

浮いた白い身体が落下し、形の良い桃尻が音を立てて博之の太股に衝突する。同時に、強く亀頭が子宮口を抉《えぐ》り、麻耶は大きな声を上げてよがり狂った。

いつの間にか、腰の周りのエプロンの紐が解《ほど》けてパタパタいっている。博之は首の周りのリボンも解き、ついにエプロンを剥ぎ取った。

「麻耶の恰好、最高にエッチだ」

崩れそうになる麻耶の身体を胴の周りでしっかり支え、博之は激しいピストンを繰り返した。

張りのある巨乳が途切れるかと思うくらいに上下に揺れ動き、その激しい動きが映った鏡を見ると更に興奮が増す。

「ああっ、ひーさまのおち×ちん、凄すぎるのぉ……、ああっ、こんなにしてもらって、麻耶は幸せですぅ。ああああっ……、たまらないわあ……」

下半身を断続的に震わせながら、博之の膝の上で大学准教授がよがり狂った。可愛らしい顔が崩壊し、今はいやらしい牝の貌だけになっている。

「僕も、麻耶の中、最高に気持ちいいよ。お前の中なら、いつだって出来そうな気がする。ほら、今だって、もう出せそうだよ……」

膣奥から更に愛液が溢れ出し、粘液まみれになった媚肉のざわつきが、博之の亀頭のエラや裏筋を甘く擦り上げる。

その度に肉竿の根元がきゅっと収縮し、快感が脳天まで突き抜ける。

「ああっ、麻耶っ、イクっ、オードブルなのに、メインみたい……。ああっ、あああん」

麻耶も限界を口走り、落ちてくる桃尻が、博之の黒叢に刺さる。

これこそ牝の本能なのだろう。ひたすら巨根に溺れ、ひたすらよがり泣く。

「僕もイキそうだよっ。オードブルでも出すからね。いいねっ」

「あああっ、イク、ああああん、イクッ、麻耶、イッちゃううぅぅぅ」

中出しの確認には答えがなかった。しかし、さっきも中出しでイカせて貰った麻耶が断るはずもない。

ソファーのクッションを利用して博之が腰を浮かせる。

「ああっ、そんなあ、飛んでしまうぅ……」

「そのまま、床に四つん這いになるんだ」

「えっ、あっ、はいっ」

麻耶は博之の意図《いと》をすぐに理解した。博之はばねの反動を利用して麻耶を抱きかかえながら立ち上がり、そのまま覆いかぶさるようにして、麻耶を床に四つん這いに置いた。

「腰を持ち上げてっ」

博之の厳しい言葉にピクリと反応した麻耶は、床に四つん這いになった。その体勢で博之のピストンが始まる。フィニッシュを目指す激しい突き込みだ。

「ああっ、凄いっ、凄いのぉ……」

背中をのけ反らせてよがり泣いた。

肉棒が激しく出入りする膣口からは、出し入れのたびに愛液が雫となって飛び散る。

「ああっ、また来たぁ、ああっ、波がぁ……、イク、イク、麻耶、イッちゃう……」

麻耶は手足を突っ張って身体を踏ん張っているものの、背中をのけ反らせ、足には震えが走っている。

「僕もイクッ」

博之も切羽詰まっていた。これ以上の言葉をかけるのはもう無理だった。

博之のピストンが、きゅっとすぼんだ麻耶の膣肉にロックオンされた。そこで更に怒張が膨張し、緊張が最高潮に達する。

限界を超えた。強い快感とともに、先端から熱い精液が飛び出して、麻耶の子宮口を直撃した。

「ああっ、ピクピク、ピクピクしているぅ……。あたし、あたし、イッている、ああん、あああっ」

「僕も気持ちいいよっ」

精子製造能力は若い頃とは比べるべくもないと思うが、さっき出したばかりにもかかわらず、睾丸のストックはたくさんあったようで、絞り上げられるとまた噴出する。

「ああっ、ひーさま、凄いの、まだ来ているぅ……。熱いのぉ……」

獣の恰好をした准教授は、尻をくねらせながら、全てを膣に飲み込んでいる。

鏡に映った表情は、すっかり蕩けて、うっとりしている。ほんとうに気持ちがいいのだろう。この淫靡さがたまらない。

「最高にエッチな気分が続いているよ！」

放出はもう終わったのに、すぐに抜きたいという気持ちになれない。

博之も放出してしまえば、すぐに倦怠感《けんたいかん》を覚えてしまう普通の男で、水希の時も絵里の時もそれは一緒だった。

しかし、今はまだ熱い。

(やっぱり僕と麻耶とは相性が良いということなのか……)

じっとしているとさすがに中で少しずつ萎え始める。この何とも言えない感覚が、水希や絵里よりいい感じがする。

(気のせいかな。いろんないい女と経験していて、自分の感覚が変わってきたのかな?)

どちらにしてもとても心地よく、まだこうしていたい気持ちも大きかった。

「ああっ、ここまで気持ちのいいエッチをしてしまうと、オードブルがメインディッシュになったみたい」

華奢な白い肉体はまだ小刻みな震えが止まらない。鏡に映る瞳もまだ虚ろだ。

「でも、本物のメインディッシュはテーブルの上にあるよ」

みそ汁の湯気はもう見えない。しかし、美味そうな匂いはますます強くなっている。

「ぐるぐるぐるぐる」

博之のお腹が鳴った。

肉棒をそうっと抜いた。こちらはすっかりふやけて湯気を立てている。それと同時に麻耶も向きを変えた。

「ひーさまのおち×ちん、綺麗にさせてください」

お掃除フェラは当然、といった様子で、萎えた肉棒にしゃぶりついてくる。

「ご飯が冷めてしまうから、そろそろ食べようよ」

「もうちょっとですから……」

急がなければいけないと思うのか、強く吸い上げながら、舌を激しく動かす。

「ああっ、そんなに焦《あせ》らなくても大丈夫だよ。それより、麻耶のあそこだって、拭かないとご飯食べられないよ」

「だったら、あたしがひーさまを綺麗にしたら、ひーさまが綺麗にしてください」

今度は丁寧に清めていく。

鏡に映る麻耶の股間はまだたっぷり愛液が浮き出していて、舌を激しくするたびに床に飛び散った。

それがいやらしく、更に麻耶の絶妙な舌遣いもあいまって、もう立ち上がることさえ無理だと思っていた肉棒が、また硬く張りつめ始めている。その肉棒を吐き出した。

「やっぱりお元気ですね。こういうひーさまのおち×ちん、麻耶、大好きなんですぅ」

「さあ、今度は麻耶を清める番だ。お掃除フェラならぬ、お掃除クンニだぞ」

「やっぱり、麻耶はいいですぅ」

「ダメッ」

ソファーに寝そべらせると、頭を股間に入れていく。

「恥ずかしい」

当然だろう。博之も実は恥ずかしかった。垂れている愛液に自分が出した白いものが混じっているのが見える。それを舐め取るのは、思った以上に恥ずかしい。

しかし、お掃除クンニを宣言したのは博之だ。しないわけにはいかない。眼を瞑って舌を伸ばした。混合愛液を掬いあげる。

「あっ、あっ、あっ、あっ」

麻耶は唇を噛んだまま声が漏れないようにしているが、それでも漏れてしまう声がなんとも言えず色っぽい。

混合愛液は、生臭さは鼻につくが、二人の愛情が混じりあっているそれは全然嫌な臭いではなかった。

（やっぱり最高の相性なのかも……）

とはいえ、いつまでも攻め続けるわけにはいかないので顔を上げる。

「メインディッシュ食べようよ」

「お洋服、着ましょうか？」

「いや、二人とも裸で食べようよ。麻耶のおっぱいを見ながら食べたいんだ」

「はい、はい。ひーさまらしいですね」

二人は口元をすすいで食卓に着いた。案の定、料理は冷めていたが、麻耶のヌードを見ながら食べる夕食は最高だった。

第四章　淫ら未亡人の肉壷

1

麻耶とも三日間を過ごした。そのうち一日は休日だったので、二人はほぼ終日離れることはなかった。この離れることがないというのは、物理的に手か、足か、口か性器が、朝目が覚めてから夜寝るまで必ず相手のどこかに接していた、という状態で、まさしく二人は一つになっていた。

もちろん一日中、生まれたままの姿だ。

そして起きている時間の三分の二は、お互いの性器同士か、性器と口か、性器と手が接触していた。

性器同士が繋がっていても、お互いが激しく動くことはない。

博之も麻耶も気に入ったのは対面座位での結合だ。下半身を結合させたまま、お互いキスをしたり、乳房を揉んだり吸ったり、麻耶も博之の乳首に舌を這わせたり、胸板に頬ずりしたりした。

これは、最初は博之のアイディアだった。

朝起きると二人で朝食を作った。二人で手をつないで交互に調理し、サラダを作り、オムレツを焼く。両手を使わなければいけないときは、どこか相手に触れていることにした。

トースト、コーヒー、オムレツ、サラダというメニューがテーブルに並べられると、博之は麻耶にお願いした。

「おしゃぶりしてもらえるかな……」

「もちろんいいわよ」

麻耶は博之の座っている椅子の前に跪《ひざまず》くと、早速ペニスを口の中に送り込む。半勃ちの逸物は、朝のおしゃぶりであっという間に鉄棒に変化する。

「こんなになって、大丈夫なの？」

潤んだ眼が艶《なま》めかしい。

「麻耶にも、少し濡れてもらうね」

麻耶の股間に指を伸ばすと軽くひと撫でした。

「ああん、エッチぃ」

「今日は一日、エッチだけで過ごすんだから、この程度で驚いていちゃ、駄目だよ」

博之は大陰唇を指先で細かく刺激しながら、小陰唇に向かう。

麻耶の身体がピクリと動く。

小陰唇を刺激し始めると、熱い愛液が早速溜まりだしてきた。それを確認すると、博之はさっと指を引く。

「あああん、もうおしまいなの？」

「指で弄るより、もっといいことしようね。さあ、僕の膝に跨って」

「重いわよ」

「麻耶が重いなんて、そんなことないよ。それより麻耶の体重を感じたいんだ」

麻耶が博之の膝に正対して跨った。肉棒が、ちょうど股間の割れ目に当たる。

「あっ、下に硬いものがあるっ」

「そうだね。でもこの硬いものは下に敷くものかな、中に入れるものかな？」

「な、中に入れるものですぅ」

「じゃあ、中に入れちゃおうよ」

「で、でもそんなことしたら、朝御飯、食べられなくなっちゃう……」

「大丈夫だよ。二人が繋がっても、ちゃんと食べられるから。さあ、麻耶が自分から入れて。そうしたら、僕が調整するから……」

「あああん、なんかすごくイヤらしいことをしている」

「とんでもない。最高に愛を確かめ合っているだけだよ」

麻耶は腰を浮かせた。そこの間に博之は逸物を上に向かせる。

「そのまま、腰を下ろして大丈夫だよ」

「あああっ、す、凄いですぅ。あたしのあそこがミシミシと言っているぅ。ああっ、こんなエッチなこと……」

先端が麻耶の花弁に当たると、中に向かって吸い上げるかのように麻耶の腰が下がり、亀頭がめり込むように中に入っていく。

「ああっ、凄いのぅ……、ああっ、中でひーさまがヒクヒク言っているのぅ、ああ、あたしぃ、こんな風にされたら……」

「ああっ、麻耶っ、麻耶の中って、やっぱり素晴らしいよ。くいくい締め付けてくるんだ。ああっ、最高だよぅ」

腰を動かさずにはいられないような快感だった。

しかし、一番奥まで嵌め込んで落ち着いてしまうと、もちろんお互いの収縮と脈動とが影響を及ぼしあって常に気持ち良さは続いているが、どうしても腰を動かさなければいけない気分からは逃れられた。

このぬるい気持ち良さは、何とも言えない幸福感を博之にもたらした。

麻耶がキスを求めてくる。二人の間で短いディープキスを行った。

「麻耶、キスが出来るなら、御飯も食べられるよ。何を食べたい」

「ああっ、まずコーヒーを下さい」

博之はコーヒーを一口、口に含《ふく》んだ。唇に唇を寄せていく。

麻耶は心得たように口を開けた。そこにコーヒーを少しずつ注ぎ込んでいく。麻耶がごっくんと飲み込んだ。

「今度は、あたしの番ですね」

麻耶も口移しで朝食を食べさせてくれる。

普通なら十分もあれば食べてしまいそうな量の朝食を、二人は一時間ほどかけて食べきった。

その間、肉棒は麻耶の中に収まって、暴れることがなかった。ずっと続く緩やかな快感が二人にとって最高だった。

その日は、家事をしなければいけない時間を除いて、二人はずっと繋がっていた。繋がったままで会話をし、食事をし、テレビを見た。

その間、腰を動かして、精液を放出する場面も何度かあった。しかし、それ以上に話をした。お互いのことを話し合った。

「成功したんですね」

「まさか、単に運が良かっただけだよ」

「でもお金はあるんでしょ」

「一応ね。でも、仕事をして入ってくるお金は、ようやく同年代のサラリーマンと同じぐらいだと思うよ」

宝くじに当たったことは慎重に避けながら説明する。

「あの頃は、ひーさま、もっと必死な感じでした」

「あの頃って、さくらの元に通っていたころのこと？」

「はい」

麻耶がぎゅっとしがみついてきた。

「そうだね。あの頃は本当にカツカツで、食うものも食わずに通っていたからね」

「でも、社長さんだったんでしょ」

「名ばかりのね。社員が自分独りで、あとはパートのおばさん一人しかいなかったんだから……。今はもうちょっとマシになって、正社員を五人ぐらい雇えるようになったけど、でも中小企業のオヤジであることに変わりはないよ」

博之はそう言いながら、麻耶の乳房の上にある手に力を込めるのを忘れない。

「ああっ、あっ、き、気持ちいいっ……」

「それより、麻耶は、何でソープで働くことにしたの？」

「言うんですか？」

「教えてよ」

博之はそう言いながら腰を揺する。麻耶の中にある肉栓が肉襞を擦り、よがり声を上げさせる。言えば甘い責めが続けられると悟ったのか、麻耶はおもむろに語り始めた。

「じ、実は、今思うとものすごくガキで恥ずかしいんですけど、あたし、親との関係が悪くって、高校生の頃は本当にやんちゃしていたんです。顔にド派手なメークして、超ミニスカートはいて……、運よく警察にやっかいになったことはないんですけど……」

「へーっ、全然そんな風には見えなかったよ」

麻耶がさくらと名乗っていたころも、可愛かったが、華やかというよりおっとりとした可愛さで、そこが博之が気に入っていたところの一つだ。

「女はどうにでも変われますから。それでも、親が大学には行け、って言うから、なんとなく、お金さえ積めば誰でも入れるFランの女子大に入ったんです」

そこで、学問に目覚めたという。それからはすっかり真面目に勉強に打ち込んだそうで、正直博之は頭が下がる思いだった。

「大学院は国立大に行って、もっと勉強しようと思ったんだけど、今度は親が大反対で……。だったら自活するって啖呵《たんか》切って、家を出たんですよ」

「親との関係は悪いままだったんだ」

「そうですね」

「で、自活しなければいけなくなった時、昔の仲間の一人がソープで働いているって聴いて、その子ができるなら自分もできるだろうと思って……」

処女はやんちゃしていた時に付き合っていた不良に捧げ、その後は何人かの男と奔放に遊んだという。大学に入学した後は真面目に勉強したが、大学院への進学が決まり、あとは卒論発表だけになってから、生活費を稼ぐために一番効率の良いバイトのつもりでソープランドに入店したという。

「四年生の夏休みから始めて、修士二年の夏休みが終わるまでのかっきり二年間働きました」

「変なお客とか、いなかった？」

「それはほとんどなかったです」

隠れ家的な高級店で、客の年齢層は高めだったという。常連客も何人かついた。

「でも、一番来てくださって嬉しかったのはひーさまですぅ」

「ほんとうか？　俺を喜ばせようと思って、嘘ついているんじゃないだろうな」

また腰を揺すり、乳房の上の手に力を込めていく。

「ああっ、ああっ、あん、ほ、本当です。あたしも、あの頃から、ひ、ひーさまのことが好きでしたぁ……」

「うれしいよ……でも、勉強は上手くいったの？」

「文学部ですからね。何を以《も》って上手くいった、というのかは分からないけど、研究を一所懸命やりました」

「その間、恋愛とかはなかったの？」

「自分はお寺とか田舎《いなか》の蔵とかで古文書を探して、それを解読するのが主な研究スタイルで、夜の渋谷とか全然出歩かなくなりましたからね。ほんとうに縁がなくて。ソープ辞めてからひーさまに再会するまで処女でした」

「へぇーっ。その割に裸エプロンなんて大胆な格好でお迎えしてくれたじゃない」

もちろんこの「へーっ」は疑念だ。そのことを敏感に感じ取ったのか、麻耶は抱きついている両腕に力を込め、キスをせがんできた。

ひとしきりディープキスをしてから麻耶は言う。

「だって、ひーさまですよ。あたしの昔のことをよく知っているんだから、隠しても仕方がないじゃないですか。それだったら、久しぶりに徹底的に大胆にした方がいいかなと思って、思いっきり弾けてみました」

ソープ嬢時代、彼女はコスプレに凝《こ》っていた。

「どう、久しぶりで僕とエッチしている感想は？」

「もう、最高です。今だって、さっきから気持ちいい波がずっとオマ×コから頭にまで連続的に伝わっているんですよ。やっぱりあたしにとって、ひーさまが一番です」

「もう、僕にお世辞を言う必要はないいんだよ」

「お世辞なんかじゃ、ありません。本心です」

怒ったような口調で言った麻耶は「いーっ」という風に顔をゆがめてみせた。

三十路の熟女なのに、その表情が可愛い。

思わず抱きしめて、麻耶の耳元で囁いた。

「急に出したくなっちゃうよ」

「ああっ、出してください、麻耶の子宮に熱い精液をたっぷり掛けてください！」

その言葉に触発され、博之は麻耶の中に嵌めたまま立ち上がる。駅弁ファックだ。女の奥深いところで、抱き上げたまま腰を大胆に動かす。

麻耶が宙に浮いているので、中の如意棒は自在に動かせないが、麻耶は、両足が不安定になったので緊張し、博之にしがみつくと同時に中で「くい」と喰い締めてきた。

「ああっ、そんなぁ、凄い、凄いですぅ。ますます気持ちよくなるぅ……」

博之が歩き始めると、麻耶が叫んだ。

(ああっ、やっぱり、麻耶は男への気分の盛り上げさせ方が上手い。そこがソープ嬢経験者だからなのだろうか？)

しかし、そんな邪念を振り払うように声をかける。

「じゃあ、そろそろ、止《とど》めを刺そうな……」

博之は繋ったままソファーに麻耶を寝かせ、自分もその上に乗った。

「今日は、正常位からね」

「ああっ、ひーさまのおチ×ポ、最高ですぅ」

膣肉がきゅっと締め付けてくる。

「ああっ、麻耶っ、好きだぁ」

「あ、あたしもぅ……」

まだ抜き差しししていないのに、女の腰がフルフル震えた。ずうっと繋がっていたから、もうイッたのだろうか？　それともピストンを求めている？

抜き差しを開始した。だんだんピッチを上げていく。

「麻耶っ、いいよっ、凄くいいよっ！」

切っ先が容赦なく子宮口に衝突する。

「ああっ、そんなにされたら、麻耶っ、壊れちゃうぅ……。あああっ……」

女にアクメの波が押し寄せている。刺激により愛液がますます分泌して、動きがどんどんスムーズになった。興奮が加速度的に盛り上がっていく。

博之は、麻耶の身体を持ち上げるようにして、深刺しをする。

「ああっ、いいの、イイの、いいっ」

長いストロークと激しいピッチが、女をますます狂わせる。膣襞が激しい痙攣を伴って締め付ける。

「ああっ、そ、そんなにされたら、またぁ、イッちゃうのぉ……、ああっ、堪忍《かんにん》……」

「僕ももうダメだっ、イク、出るよぉ……」

「ああっ、くださいっ、麻耶にっ、ひーさまの熱いもの、掛けてぇ……」

博之はその声とともに発射していた。一時間以上繋がって、お互いの肉棒と膣穴を確認していたからこそできた射精だった。

身体の全てが熱く、すべての細胞が快感に満たされているようだった。

2

こうして、三人の女との模擬新婚生活が終わった。

三人とも美形だし、自分には勿体《もったい》ないぐらい、いい女だった。

他の候補を知らず、三人の誰かと即断で結婚したとしても、後悔するようなことはなかったに違いない。しかし、三択になったがゆえに迷ってしまった。

女性としての魅力がそれぞれ異なるのだ。三者三様それぞれ秀《ひい》でている部分とそうでない部分とがあって、甲乙がつけがたい。

また、一方で相手から断られる心配もある。

今回はコンテストとは言うものの、こと「結婚」である。女性だって、いやだったら断るのが当然だ。

博之の感触では、三人と三日間ずつ一緒にいて、自分が嫌われているそぶりは見せられなかったと思う。

それでもほんとうに結婚するとなったら、彼女たちが本当に自分を選んでくれるのかどうか。そこは未知数だ。

博之は女性にもてないことだけは自信がある。四十過ぎまで独身だったのは、性欲は強いのに、自分に自信がなくて女性に迫っていけなかったのが最大の要因だ。

この「嫁選びコンテスト」が始まるまでは素人童貞だった。

そんな自分を選んでくれるのか？

今はお金があるから強い立場で臨めるが、もし自分が普通の男ぐらいしかお金を持っていなかったら、この三人とは出会うことすらなかっただろう。

不安は抑えきれないが、そんなことをうじうじ悩んでもキリがない。自分として、選ぶ順番を付けていくしかない。

改めて三美女のことを思い返し、比較し始める。

美人という点ではなんと言っても水希だ。華やかだし、プロポーションも抜群だ。話も面白い。

しかし、生活感が湧かないのだ。それが弱点だ。

三日も一緒に暮らしたのだろう、と言われればその経験はした。セックスの感触もよく覚えているし、アクメの表情だって忘れがたい。しかし、彼女は芸能界の人間だよな、と思っている自分がいる。

一般人と結婚した元アイドルとかは時々いるけれども、その旦那さんってどんな人だろうと思ってしまう。一般人とはいえ、華やかなタイプなのではないかしら。

自分は本来地味な人間だ。年齢をとって、昔と比べれば他人ともきちんと会話できる人間に成長したが、本来は一人コツコツと仕事をするのが好きなタイプだ。

そういう男が彼女と上手くやっていけるのだろうか？

やっぱり彼女は、自分のアイドルとして見守っていくのが一番なのではないだろうか？

そう思うと彼女を一番に選ぶ踏ん切りがつかない。

二人目に暮らしてみた絵里。彼女はいい奥さんになるだろう。完璧に家事をこなし、しかしベッドの中では淫乱と言っていいほど乱れてくれる。

顔立ちだって整っているという意味では水希以上かもしれない。プロポーションだって悪くない。水希ほどメリハリはついていなかったが、十分に巨乳だったし、美乳でもあった。そこはおっぱい星人の博之には高得点だ。

これ以上ないぐらいの高スペック。

性格的にも控えめだし、古風な日本の女性を感じさせる。

しかし、昼間の絵里は生真面目すぎる感じなのだ。完璧に家事をこなすのだが、その時の空気は真剣過ぎて、冗談も言えない感じだ。

博之は本来の自分の部屋を見渡した。

（あそこまできっちりされちゃうとなあ、ずぼらな俺はついて行けない気がしてしまう……）

博之は一人暮らしが長いから、自分なりの整理・整頓《せいとん》や掃除のやり方は決めている。その手順はいつも一緒だから不便は感じないのだが、他人から見たら、ものすごくいい加減だと思われてしまうだろう。

絵里が見たら、まなじりを決して掃除を始めそうな気がする。

それは勘弁してもらいたいと思う。

やっぱり、自分のぬるさやいい加減さを許容してくれる女の方がいいような気がする。

麻耶の弱点はソープ嬢だったという過去だ。

そんなことは気にすべきではないとも思うが、やはり無視はできないと思う。

博之は奥さんに処女性などを求めてはいない。三十歳以上を条件に選んだのだから、過去に大恋愛の二度や三度しているのが当然だし、それぐらいの女でなければ、奥さんにしたくもない。

しかし、それと、「風俗嬢だった」ということは話が違うのだ。風俗をやっていれば、嫌なお客でもにっこり笑って相手しなければいけない。彼女たちがそれを出来るのは、お客の顔がお札に見えるからに他ならない。

昔自分が麻耶のお客だったとき、麻耶は自分の顔がお札に見えていたに違いない。だからあんな濃厚なサービスもしてくれたのだろう。

今の自分の顔がお札に見えているとしたらどうだろう。それを気にしないで彼女を選べるのか……？

彼女の過去を不問にできるほどの度量さえあれば、麻耶が一番しっくりくる。大学の准教授で、本当はものすごく優秀らしいが、生活の中では適当にドジも踏んでくれるし、ミスもある。そのぬるさが博之にとって癒しになる。

普通に暮らした感じもちょうどいいテンポだ。博之の波長と麻耶の波長がちょうど合うのだろう。かつてソープ嬢時代に博之が麻耶のところに通ったのは、彼女と波長が合っていることに無意識に気が付いていたからかもしれない。

（一夫多妻の国に移住すれば、全員を奥さんにできるんだろうけど、現実はあり得ないし、割り切って、順番を付けるしかないんだよな……）

しかし、それが出来るのであればここまで思い悩む必要はない。

（やっぱり、もう一人と会うしかないのかな……）

三人と会った段階でプロポーズ相手を決めたほうがいい、というのが、「嫁選びコンテスト」を始めたときの紹介会社のアドバイスだった。

「人数が増えれば増えるほど、目移りして選べなくなるのが普通なんです。こういうシステムですから、三択ぐらいは仕方がないと思うんですけど……」

と係員は言っていた。

しかし、自分の場合は四人目と会った方がいいだろう。目移りしてしまってもっと混乱する可能性もあるが、四人目と会うことで、自分の進む道が見えてきそうな気もする。そちらに期待しよう。

四人目の写真と作文をもう一度見直す。山村麻衣子。

写真からでも分かる超巨乳。水希のGカップ巨乳を超えるかもしれない。四人の中で一番年上ということもあるのだろうが、年齢相応の落ち着きも感じられる。

エリートサラリーマンの未亡人、ということだが、さもありなんという気がする。

3

翌日は麻衣子の部屋に帰った。

「お帰りなさい、貴方」

満面の笑みを浮かべて迎えてくれた麻衣子は、写真で見た時よりもふくよかに見えた。胸のふくらみはGカップどころか、Hカップかいやいや Iカップかもしれない。ヒップもバンと張っていて、今までの三人とは明らかに違ったタイプだった。

未亡人ということだったが、その明るさが全然未亡人っぽくない。

「まずはお召し替えしましょうね」

和室の寝室に連れていかれると、早速シャツのボタンに手を掛けられた。シャツを脱がされ、ズボンのベルトも緩められ、あっという間に下着姿にされる。

「何を着ればいいんだい」

脱いだズボンを畳んでいる麻衣子に声をかけた。

「ちょっとお待ちくださいね」

畳んだズボンを脇に置くと、振り向くなりにトランクスに両手をかけ、一気に引き下ろした。

「エッ」

まさか初対面でそこまで大胆なことをするとは予想すらしていなかったから、博之は身体がすくんで金縛り状態になってしまった。

「うふふふ、まだふにゃふにゃだけど、立派なおち×ちん」

麻衣子は、ペニスを擦りながら大きさを確認していく。

経験豊富な未亡人だからなのだろうか、麻衣子の手コキはそれだけで十分に気持ち良い。肉棒は一気に硬くなった。

しかし、麻衣子はそれだけでは不満足だったようだ。

「どうしたら、もっと硬くなるのかなぁ」

歌うように言いながら肉棒を捧げ持つ。

「こうしたら、もっと硬くなるよね」

大胆にも一気に口の中に入れてきた。

「ちゅぽっ、ちゅぽっ、ちゅぽっ」

頭を大きく振りたてながら、逸物を吸い上げる。

「ちょ、ちょっと待ってよ」

びっくりした博之は麻衣子をやめさせようとするが、彼女は博之の手を遮るようにして、激しく吸い上げた。

「あっ、麻衣子っ、それダメッ……」

「でも、おち×ちんはいい反応よ。あたしのお口の中で、すぐに硬くなったわ」

そう言いながら、口を外すとすぐさま長く細い指が、しっかりと存在を示した逸物を擦りたてる。

「ヤバい」

「いい年をした大人なんだから、このぐらいでびっくりしないでよ」

麻衣子は逸物を扱きながらしげしげと眺める。

「凄いわね。ほんとうに巨根。その上、こんなに硬くなっている」

戸惑っている博之を尻目に、麻衣子は更に扱いてきた。熟女未亡人の眼は一点に集中していて怖いほどだ。

「じゅ、熟女風俗店じゃ、な、ないんだから……」

「熟女風俗店のつもりでいてくれてもいいわ。だからまたスペシャルサービスね」

博之は何とかして止めさせようと必死だが、熟女未亡人は柳に風だ。麻衣子のピンクの舌が、今度はしっかり味わうべく、赤黒い亀頭をすっと撫でる。

「ああっ、麻衣子っ、ヤバいよ」

「亀頭が美味しいわ」

麻衣子は当然のように裏筋をチロチロと小刻みに刺激し始める。

快感が一気に脳天まで駆け上がる。いつの間にかギンギンに昂った逸物が、ぴくぴくと脈打ち、そのままへたり込んでしまいそうになる。

麻衣子の攻勢は口だけではなかった。口で亀頭をしゃぶるのに加えて、右手は、皺袋へのマッサージに余念がない。

「ああっ、夜は長いんだから」

時計は長針と短針が一直線になっている。宵の口というにも早すぎる時間だ。

「だからでしょ。今すれば、お風呂でも出来るし、夜中にベッドでも出来るわよ」

そう言うなり、長大な砲身を喉奥まで一気に送り込んだ。

「あああっ、ちょ、ちょっと……、ああっ、気持ちいいっ」

(未亡人と言っていたけど、亡くなったご主人にいつもここまでしていたのか)

人のベッドを覗き見しているようで、博之も更に興奮してしまう。

温かな唾液と口腔の柔らかい粘膜がねっとりと博之の敏感なところに絡みつき、甘い快感が全身に伝播《でんぱ》していく。

博之はいつの間にか腰が砕け、尻もちをついた。それでも吸い付いた唇は離れることがなかった。

「こんな気持ちいいおち×ちん、初めてよ。博之さんももっと気持ちよくなってね」

艶っぽい笑みを浮かべた未亡人は、更に奥まで呑み込み、舌を使うその吸引音は、博之の興奮をますます高めていく。

カウパー腺液が流れ始めている。

このままでいったら、口の中に暴発してしまうかもしれない。しかし、四十に近いとはいえ、自分よりも年下の女に、完全に手玉に取られて、精液を搾り出されるのだけは嫌だった。

「ああっ、麻衣子がフェラチオが上手なことはよく分かったから、さあ、おいで」

何とか彼女の身体を引き上げる。

「どうしたの？　そこまでしなくても、今からたっぷり可愛がってあげるよ。さあ、麻衣子も脱いで」

「ああん」

もどかしげにスカートのホックを外した。脱ぎ捨てると、すぐにショーツにも手を掛ける。一気に脱ぎ落として股間を晒した。漆黒のジャングルが股間を覆っている。

博之がじっと見ていることなどお構いなしに、上のカットソーを一気に頭から抜き去りブラジャー一枚だけ残した裸になった。

麻衣子は、ちょうど立ち上がった博之の首に飛びつくようにして、キスをねだってきた。

博之は、麻衣子の唇に自分の唇を密着させると、すぐさま舌を押し込んでいく。相手の口の中をすっかり吸い出すようなフレンチキスになった。抱きしめている手に力が入り、お互いが組み手争いするように舌を使う。

焦ったようなキスをしながら、博之は麻衣子のブラジャーのホックに手を掛ける。パチンと音がしてホックが外れると、重量感満載の乳房がグンと下に落ちた。

ブラジャーがはらりと下に落ち、巨乳が露わになる。

振動が乳首の位置を上下に揺らす。

下がり気味の乳房は決して美乳とは呼べないが、その迫力はこれまで共にしてきた女たちとは別格のレベルだった。

「サイズはどれぐらいあるの？」

「Iカップのブラジャーを使ってるわ」

「Iカップ！」

「そうよ。凄いでしょ。遠慮なく揉んで！」

自慢げに胸を張った麻衣子は、Iカップのボリュームを誇る両乳房を腕で持ち上げると、博之に差し出すように突き出す。

白いもち肌の二つの肉房が、挟まれた腕の間でぎゅっと前方に押し出され、青い静脈が表面を流れているのが見て取れる。

赤ちゃんが三人か四人いても、飲みきれないくらいのミルクを出しそうな乳房だ。オッパイ星人を自認する博之はもう、矢も楯もたまらない。そのままぎゅっと握りしめてしまった。

普通の女だったら、乳房を愛撫するとき、ここまで一気にいくことはない。しかし、麻衣子の巨乳は博之を挑発するように揺れ、一気に絞り上げられたいと乳房自身が語っていた。

「ああん」

博之の手が触れる寸前にもう麻衣子は甘い吐息を零した。

その色っぽさに触発されるように、乳房に指を沈めていく。ぎゅっと力を込めていくとどこまでも指先が沈み込んでいく感じで、反発がない。

「ああっ、旦那様、気持ちいいです。構わないから、もっとメチャメチャにしてぇ……」

その言葉に従うように指先に力を入れていく。鷲摑みにした指と指の間から乳肉が漏れ出すように盛り上がってくる。

「本当に凄いよ。僕の手じゃあ、覆いきれないよ」

「だったら、おっぱいにキスして、ペロペロして、乳首を吸い上げて……」

「ああっ」

博之は顔を下ろすと、未亡人の胸の谷間に顔を寄せ、両乳房で挟んでみる。顔がすっかり隠れ、息が出来なくなりそうだ。甘酸っぱい乳房の匂いが鼻腔を刺激する。持ち上げた乳房が重い。

薄いセピア色の乳暈が自分の顔のすぐ隣にあった。乳暈は広く、端の方は乳房と一体になり、いつの間にか消えてなくなっている。

中心部の突起はあまり高くも大きくもないが、既に硬化していることだけは間違いなかった。

そこに博之は吸い付いていく。

「ああん、そこ、そこがいいっ、もっと舌でぐりぐりしてっ」

悩ましげな声が一気に甲高くなる。

それに呼応するように、博之もきゅっと吸い上げる。舌を絡ませて円を描くように吸い込みを強める。

「ああっ、素敵ぃ、ああっ、ああっ、き、気持ちいいのぉ……」

反対側の手にも力を込め、舌と指先で同時に未亡人の乳房を可愛がる。

「好きなのぉ、好きなのぉ、そうされるのがいいのぉ……」

あられもない声を上げながら、身体を博之に預けてくる。二人はだんだん腰を下げ、それに合わせるように美熟女の掌が肉棒を再度、擦り始める。

「お口にもキスよ」

要求に応えようと、麻衣子の唇に唇を被せていく。

それと同時に、乳房の揉み込みを再開する。麻衣子は当然のように肉茎を刺激していく。

舌同士が絡み、お互いの唾液が混じっていくのに合わせるように、乳房への愛撫も激しさを増し、麻衣子の手での愛撫もガンガンと飛ばしてきている。

(凄い、獣みたいだ……)

上品さをかなぐり捨てた中年男女の性愛だった。

そのまま愛撫を続けながら、お互い横になる。博之は膝を立てたまま仰向けになると、キスを続けていた麻衣子は、手コキを続けたまま、唇から舌を出し、男の乳首に唇を寄せた。

「ああっ、それ好きだよ」

全身リップのサービスを舌で舐めるようにして続けていく麻衣子。そのまま下に向かって進むと、さっきまで何度も舐めていた逸物に顔を近づける。

同時に男の身体を跨ぐと、密生した黒いジャングルを男の口元に近づけた。

その下に、もうすっかり濡れそぼった女の中心が、赤く色づいていた。

博之はもちろんむしゃぶりついていく。赤い肉の花弁がヒクヒク脈動し、その脈動に合わせるように新たな愛液が零れてくる。

舌を這わせ舐め上げると、女の身体はプルプル震え、手の動きが止まる。博之のものを口に咥えようとするが、下半身の快感が震えとなるのか、口に収めることができない。

「もうちょっと、優しく愛撫してぇ……」

「優しくしているよ」

この一瞬のスキを突いて、ようやく彼女が肉棒を口に収めた。

お互いが競争するように愛撫を始める。麻衣子はしばらくの間、逸物を口の中で味わっていたが、博之がクリトリスを集中的に攻撃し始めると、耐えきれなくなったのか、口から肉棒を吐き出すと、背中をのけ反らせて叫んだ。

「も、もっと愛して、そ、そこ、気持ちいいのぉ」

麻衣子は、口は使えなくなったが、それでも手は肉棒から離さない。必死の面持《おもも》ちで掌を使い擦り上げていく。一方博之は、止めどもなく出てくる愛液を飲み込みながら、肉ビラをこれでもかと愛撫していく。

二人の身体がギシギシ動き、身体からは肉欲を刺激するフェロモン臭が上がっている。

「ああっ、博之さんのおち×ちんが欲しい。あたしの中に入れて欲しい」

快感が限度に達したのか、声を震わせながら、麻衣子が訴えた。

麻衣子は身体を起こし、それに合わせるように博之も身体を起こす。

二人はまたキスをする。お互い見つめながら、麻衣子の手は股間にかかり、博之の手は乳房を揉んでいる。

そのまま、麻衣子が下になっていく。大きなお尻が畳につき、M字に開いた両脚を浮かせるようにして、股間を広げ、博之を待っている。

博之はその間を進みながら唇を求め、キスをしながら、更に身体を寄せて切っ先を赤い花弁に触れさせた。

硬いものが一気に突き入れられる。膣道はすっかり緩んでいて、博之の巨根はずぶずぶと入り込んでいった。

「あああっ、来てるぅ。あああっ、久しぶりなのぉ……。それにこんなに大きいの、初めてぇ……」

ピストンを始める。よがり声が恥ずかしいのか、美熟女はキスを求めてくる。そのリクエストに応えて、腰のピストンを激しく動かし始める。

「ああっ、凄い、凄いのぉ」

しかし、麻衣子は直ぐにキスが出来なくなっていた。下の快感に耐えきれなくなっていた。男の顔を見つめながら、純粋に快感だけを楽しんでいる。

エリートサラリーマンの妻だったという前歴が嘘のような乱れ方だ。そのあられもない乱れ方に、博之はこれでフィニッシュしたくなくなっていた。

博之が急にピストンを止め、未亡人の中から肉棒を抜いた。

「どうしたの？」

驚いたように尋ねる麻衣子の手を引くと立ち上がらせた。

「エッ、どうするの？」

博之は何も答えず柱に手をつけさせた。後ろを振り向いた麻衣子の尻側から、逸物が中に侵入する。

「こんな野蛮な体位、旦那はしてくれなかったわ……」

「元旦那はしなかったかもしれないけど、僕はするのさ」

肉壺にすっぽり収まったことを確認すると、博之が激しく腰を使い始める。立ちバックだ。

男の腰が未亡人の巨尻に当たり、ぱんぱんと音を立てる。それに併《あわ》せて大きな乳房が、上下左右に激しく動いた。

「あっ、あっ、あっ、あっ、あっ、ダメ、ダメ、死んじゃうぅ……」

麻衣子は信じられないような巨大なよがり声をあげ、涙を流した。

博之は揺れ動く乳房を両手で押さえ、揉みながら更に腰を使う。

「ああっ、イク……ゥ、イク……ゥ、イッちゃうううっ」

麻衣子にとっては、もう限界だったようだ。絶頂を叫んで身体を大きくこわばらせると、そのまま下に崩れ落ちた。中にあった博之の逸物はぴょこたんと外に飛び出した。

座り込んだ麻衣子は息を荒げている。

しゃがんだ博之と目が合った。

「あたしだけ気持ちよくなってしまってごめんなさい。本当は博之さんにもイッて貰うつもりだったんだけど……。エッチするの、旦那が死んでから初めてで……、あたしほんとうに恥ずかしい……」

「そんな、恥ずかしくなんてないさ。女だって性欲があるという証だし、それを僕に向けてくれたということ、僕は名誉に感じているよ。それに麻衣子がそういう風にエッチに迫ってくれれば、僕だって、麻衣子に対して、好きに振舞っていいということだものね」

「は、はい」

「じゃあ、ぼくもまたイクね」

博之は麻衣子の身体を上から押し付けるようにし、股間を開くように促した。

「入れるんですね。あたし、またイッちゃうかもしれない」

「イッたらいいじゃない。女は一晩で何度もイケるのが特長なのだから、遠慮なくイッたらいいのさ」

「そ、そうですけど……」

「だったらそれでいいんだよ。自分の欲望を隠すのが一番バカバカしい。だから入れるね」

博之はもう、麻衣子の返事を聴いていなかった。股間の花弁に逸物を押しつけると一気に貫《つらぬ》いた。

「ああっ、凄いっ、こんなに凄いおち×ちん、初めてなのぉ」

どこまで本気で言っているのだろう。さっきだって入れているんだし、大げさすぎる、と博之は思っている。

でも腰を使い始めると麻衣子の甘美な声がどんどん甲高くなって、悲鳴のようになる。

「凄い、凄い、ああっ、麻衣子、またイッちゃう、さっきイッたばかりなのに、また来ているの……、ああっ、凄いの。イクぅ、イクゥ……」

「限界かい……？」

「もう、限界ですぅ。お願いですから、博之さん、あたしと一緒にイッて下さいぃ」

「分かった、麻衣子、僕と一緒にイクんだ」

自分をクライマックスに追い込むために腰を更に一層使う。中で痙攣を起こしたように膣襞が肉棒を締め付けてくる。それを反発しながら腰を動かすのが楽しい。

何度も達してしまっている美熟女は、畳の上で、白いグラマラスな裸体をよじらせながら、甘いよがり声を連続的に上げている。

寝ていると巨大な乳房は左右に流れているが、その流れた乳房が震える姿に、熟女的なエロさを覚え、博之は興奮をつのらせた。

「あぁっ、限界！」

「僕も限界だよ！　イクからね。おおおおおっ」

茶褐色のごつごつした肉茎が、鮮紅色の媚肉を裏返すように激しく行き来し、ねっとりした愛液が掻き出されると、下に敷いた座布団に滴り落ちて、カバーを変色させる。

「ああっ、凄いぃ、あああっ、あああっ、麻衣子またイキますぅ」

何度目のアクメか数えきれない。その絶頂により締め付けられた肉棒は一番奥で、ついに熱い精を放った。

「あぁっ、凄いぃ、いっぱい出ているぅ……。熱いのぉ、熱いのぉ。こんな凄いなんてぇ」

中年男の精液とは思えないような粘っこい精液が、美熟女の子宮を直撃する。

「あぁっ、そんなことされたら、あたし、妊娠しちゃう。それだけは堪忍……」

中年男と熟女の交接は、まだ終わりそうもなかった。

4

三十分後、博之はシャワーを浴び、食堂にいた。麻衣子は濃い精液を受けて満足したのか、鼻歌交じりで夕食を準備している。

（やっぱり彼女は主婦なんだな……）

博之は驚きの顔で、彼女の家事を見ている。手際が抜群にいいのだ。

絵里の手際もよかったが、絵里はお嬢様の料理なのだ。常に完璧を目指して余裕がない。それに対して、麻衣子は鼻歌交じりで、いろいろなところがいい加減だが、要所要所のポイントは押さえて、短時間で料理を仕上げている。

「はい、これで出来上がりですよ。博之さん、そんなボウッとした顔をしないで、配膳を手伝ってくださいよ」

絵里は自分になんの手伝いもさせようとしなかった。それに対して、麻衣子は夫を手伝わせるのは当然と考えているようだ。

「亡くなった旦那さんって、お手伝いはよくしてくれた？」

カウンター越しに博之が尋ねる。

「全然。こっちが何か頼んでも結構渋って動かないことが多かったわ。だから、再婚相手は、ちゃんとお手伝いしてくれる人にしようかなと思っているの」

麻衣子をそう言うと、「ガハハハ」と大きな口を開けて笑った。

「ビール飲みますよね」

「飲むよ」

「グラス要りますか？」

「どっちでもいいよ」

麻衣子は冷蔵庫から冷えた缶ビールを二本出してくると、「ドン」とテーブルに置いた。二人で差し向かいになり、「プシュー」とプルトップを開ける。

「乾杯！」

二人で缶同士をぶつけあって、ゴクゴクゴクと飲む。麻衣子もいい飲みっぷりだ。

「プハーッ」

二人は同時に大きく息を吐いた。

「美味いね。生き返った思いだよ」

博之は麻衣子に同意を求めるように言った。

「本当ですね。あたしも、こうやって、仕事終わりにビール飲むのって人好きなんですよ」

他愛もない話をしながら二人は夕食を済ませた。

「ご馳走様。美味しかったよ。むしゃむしゃ食べちゃいましたよ」

「ありあわせの材料で作ったお手軽料理ばかりですから、そんなに褒めていただかなくても大丈夫ですよ。それより、嫁選びコンテストで誰を選ばれるか、お決めになられたんですか？」

「えっ、それを訊《き》かれるんですか？」

「だって、興味あるじゃないですか？」

麻衣子がビールを持ち、博之にソファーに座るように促しながら言った。

「麻衣子さんだって対象なんだし、今、言えるわけないですよ」

「アハハハ、あたしは対象外ですよ。そんなこと自分が一番よく知っています」

そう言いながら博之の手を取って、自分の手を重ねる。

「えっ、こんなに美人だし、家庭的なのに、何でそんな自虐的なことをおっしゃるんですか？」

「別に自虐的じゃないんですよ。ただ、博之さんがプロポーズしても、自分は受けないつもりだから……」

熟女未亡人の手が、博之の身体を弄り始めている。豊満な肉体から出る香りが、博之の興奮を導く。しかし、それに気づかないようなふりをして、慎重に股間には手を伸ばさない。

「えっ、それって、僕にそんなに魅力がないってことですか？」

「違うわ。博之さんは十分魅力的よ。清潔感もあるし、本質的に女性に嫌われないタイプ」

「それを言ったら、麻衣子さんだって凄く包容力のある美人だし、男性なら放っておけないと思わせるものをお持ちです」

「でも、再婚は子供が嫌がるから」

「お子さん、いらっしゃるんですか？」

「いるわ。二人。小学校五年生の女の子と二年生の男の子。一応プロフィールには子供のことは書いていないけど……」

「再婚したいから、結婚相談所に申し込んだんですよね」

「ううん、セフレ探し」

麻衣子はあっさりと首を横に振った。

「セフレですかあ！」

博之は驚きのあまり、素《す》っ頓狂《とんきょう》な声を上げてしまった。

「うん。そうなの。出会い系とかで探したこともあるんだけど、行きずりのエッチをするだけにしてもイマイチの人ばっかりで、ある程度本気の人がいるここに申し込んで、コンテストに参加させてもらえるようにしたの」

「それで、僕のに申し込まれたわけですね」

「そう。で、すっかり博之さんのこと気に入っちゃった。おち×ちんは立派だし。テクはあるし。だから、あたしのセフレになってよ」

「ちょ、ちょっと、待ってくださいよ。僕はセフレを探しにこのコンテストをやっているわけじゃあなくて、つ、妻をさ、探しているんです」

「それは分かっているけど、いいんじゃない。妻は妻として他にセフレの一人ぐらい居たって……」

麻衣子はそう言いながら、部屋着のスウェットを脱がしにかかっている。

「またするんですか？」

「もちろんよ。あたしもこんな話したら、また博之さんが欲しくなっちゃった」

相手は色気むんむんの未亡人である。博之も息子が元気になってきている。

「じゃあ、またしちゃいますか？」

「そう来なくっちゃね」

麻衣子は立ち上がった博之のスウェットを一気に引き下ろすと、すっとしゃがみ込み、半勃ちの逸物をあっという間に咥え込んだ。

「早業《はやわざ》だね」

「だって、死んだ旦那のよりずっと立派なんだもの……」

未亡人は直ぐにチュパチュパ言い始めた。

「ちょ、ちょっと激しすぎやしないか……」

温かく柔らかい舌に一気に吸い上げられ、麻衣子の口の中で一気に膨張する。硬くなったことを舌で確認出来て満足したのか、そのまま裏筋をチロチロと舐め始めた。

唇と舌だけで愛撫しながら、自分のハーフパンツとショーツを脱いでいく。大きな熟女の尻が露わになるのがいやらしく、既に昂っている怒張が、口の中でピクピクと脈打ち、それが裏筋を弄る舌と及ぼしあって、たまらない気持ち良さだ。

「何で、そんなにエロイのよ。麻衣子っ」

「さあね。死んだ夫に開発されたかな……？」

とぼけたように答えながら、愛撫に余念がない。

温かい唾液と口内の粘膜がねっとりと男の一番敏感な部分に絡みつき、舌の動きも絶妙だ。

「出ちゃいそうだよ」

情けない声を出してしまった。

その声を聴いたとたん、麻衣子は口から逸物を放り出した。

「もう大丈夫ね。今度はあたしが上になる」

麻衣子は、博之にソファーに寝そべるように促すと、逸物の根元をしっかり確認し、上から座ってきた。

「ああっ、やっぱりこのおち×ちん、凄い」

未亡人の秘部は既に洪水で、上向きのペニスがズボズボと沈み込んでいく。いや、じっくりと味わうようにして飲み込んでいく。すっかり飲み込むと、麻衣子は「ほうっ」とため息をついた。

未亡人の腰が切なげに動いている。

「裸にならないの？」

「なるわ。なって、おっぱいいっぱい揉んでもらわなくちゃいけないもの」

普段使いのTシャツを脱ぎ捨て、ブラジャーも外した。ヴォリュームのある未亡人の全裸が博之に乗っていた。

「お、重いでしょ」

「だ、大丈夫だよ」

三人の嫁候補より重いのは事実だったが、博之が腰砕けするほどではない。下から腰を浮かせて、中に肉棒を押し込んでみせる。

「ああっ、い、いいの」

巨乳が上下にゆさゆさと震えた。

「男の人って、そう言って痩せ我慢するんだよね。旦那もそうだった。でも、あたしは、こうやって下から突き上げられるのが、好きなの……。ああっ、いいわぁ」

腰が動けば乳房が震える。巨乳がプルンと波を打って弾むのが、何ともいやらしい。

博之は両手を伸ばして、両乳房を鷲掴みにする。麻衣子は腰を更にグラインドすると、乳房の根元だけが一緒に揺れ、上部が男の手で押さえられている分、ぴんと張ったり緩んだりする。その乳房の揺れ具合も麻衣子の快感を高めていた。

「あああっ、ああん、すごいぃぃぃ、あああああん」

ぬめり切った媚肉が上下左右に揺れ、ガチガチの肉棒の四方が次々と擦られる。

男にとっても至福の気持ち良さだが、それ以上に麻衣子の興奮が半端ではない。

淫魔に取りつかれたような表情を見せながら、未亡人は一糸まとわぬ裸を大きく動かして、中年男の精を吸い尽くさんとしてくる。

（中は最高だよ。こんな風に、してくれるなんて……）

ムチムチの桃尻がぴしぴしと中年男の太股を叩いて、乾いた音を鳴らした。

「どう、どう、あたしのオマ×コ？」

「すごくいいよ。熱くて、柔らかくて、でも、しっかり締め付けてくれて……」

「そ、そうでしょ。だから、今回のコンテストが終わっても、あたしを博之さんのセフレにしてくれるよね」

「でも、そ、それは、相手に悪いから……」

「そんなことを言ってちゃだめよ。あたしをセフレにすることを承諾する子を選ぶのよ」

「そういうわけにはいかないよ」

そう言いながら、博之は身体を起こして麻衣子を抱きしめると、そのまま体位を入れ替えて、正常位に持ち込んだ。

「あああああん、あああああっ、博之さん……」

豊満な尻が宙に浮くように麻衣子の腰を持ちあげ、上からたたき込むように怒張を動かしていく。

麻衣子はIカップの巨乳を胸の上で波打たせ、激しいよがり声を上げる。

「いくら欲しいの？　僕の愛人になったら……」

中で絡みつく媚肉の気持ち良さに耐えながら、麻衣子に尋問するように訊いた。

「愛人じゃ、ありません。あくまでも友達ですぅ。セックスする友達。友達だからイーブン……、ああっ、そんな突かれると、ああっ、気持ち良すぎるぅ……」

麻衣子は涙を流しながら、いやいやするように顔を横に振った。

「えっ」

博之はピストンを急に止め、そのままの体勢で尋ねた。

「どういうこと。イーブンって」

「だ、だから、お金なんかいりません。お金なら、あたし有ります。全部割り勘でもいい。その代わり、週に一回とか、十日に一回とか必ず会ってくれて、こうやってエッチして欲しいんです」

「純粋にエッチするだけ？」

「もちろん、御飯とか食べるかもしれないけど、基本はエッチを目的に会うの……」

博之は驚いた。考えてみれば、麻衣子はさっきから博之とセックスすることだけを求めていて、それ以外のことは求めていない。お金を求めていると思ったのは単なる博之の取り越し苦労だったのだ。

妻以外に、麻衣子のような美熟女と週一回会ってセックスをする。それは男冥利《みょうり》に尽きる話だ。

今、彼女の肉壺の中で締め付けられている肉棒の気持ち良さを考えたら、断るのはあまりに惜しい。

（とはいえ、そんなこと、今選ぼうとしている女達は絶対に許してくれないだろうな……）

腰を止めたまま考え込んでいる博之に向かって、麻衣子が言った。

「ああっ、あたしをこんなに気持ちよくなっているのに、これでおしまいというのはあまりに殺生よ。さあ、答えは後でまた考えることにして、天国に送って頂戴」

「そうだね」

突き込みを再開する。だんだん抜き差しのピッチを上げていくと、ますます中で肉棒が硬くなり、媚肉が蕩けてくる。この感触はまさにセックス相手として最高だ。

「ああっ、凄い、凄いの。あああん、あたし、イッちゃう。イッちゃう……」

身体を揺すりながら、自らの限界を告げてきた。

「いい女だよ。僕ももう出ちゃうよ」

さっき彼女の体内に放出してから二時間経っていない。このインターバルで放精できるというのが、彼女の魅力なのだろう。

自分も彼女をセフレにしたいという気持ちが、ますます高まってきた。

（もし全員に断られたら、彼女にプロポーズして、結婚するという手もあるし……）

博之は万感の思いを込めて、彼女をイカせようと思った。濡れた膣肉が美味過ぎる。その気持ちが麻衣子に伝わったのかもしれない。彼女のよがり声が変わった。

「あああん、最高に気持ちいいの。あああん、博之さん……。好きよぉ……」

ベッドにしたソファーの上で、白いグラマラスな裸体をよじらせながら、美熟女は甘い、蕩けるようなよがり声を上げる。

仰向けになってもその存在感が失われないIカップの超巨乳を、千切れんばかりに震わせながら、美熟女は最高のクライマックスへ駆けあがっていく。

「あぁっ、イク、イク、あぁっ、一緒に来てェ、博之さあん」

「よおし、今イクよぉ、ほうらっ」

最後は中年男とは思えない馬力で、熟女の蜜壺を蹂躙する。血管の浮き上がった肉茎がピンク色の秘所を激しく出入りし、脇から溢れる愛液が下まで垂れ落ちて、絨毯に染みを作る。

「ああっ、すごぃっ、イクうううううう」

最後は野獣の雄叫びのような声を上げて、美熟女は背中を弓なりにする。ぎゅっと引き絞られる逸物。

「あっ」

驚きの言葉と同時に、博之は果てていた。

「ああん、凄いぃ、いっぱい出ているぅ。さっきよりも凄いかもしれない……」

二度目なのに、凄さを指摘されて、中年男としては自信がつく思いだ。

(麻衣子を絶対セフレにする)

博之は再度、決意を新たにした。

第五章　男根シェアハーレム

1

麻衣子をセフレにすることを決めた以上、嫁選びの最大のアドバイザーは、間違いなく今回の状況をよく知っている麻衣子だった。

「で、どうするの？　嫁選びは？」

「正直迷いに迷っているんですよ。みんな好みだし、いい女なんです」

二日目の晩、二人は一緒に入浴して、今は涼みながらビールを飲んでいる。

二人ともバスローブ一枚だけを身に着けていた。

「そうなんだ。出来るだけ他の候補者のことを教えてくれない？　写真があったらそれも見せて欲しいし。そうしてくれれば、あたしも博之さんになったつもりで一緒に考えてみるわよ」

そこで、博之は候補の三人の特徴と、感想を麻衣子に説明した。麻衣子も質問を入れながら真剣に聴いていく。

一通り、三人のことを説明すると、麻衣子が言った。

「憧れのアナウンサーと、深窓の熟女令嬢と、元ソープ嬢の大学准教授か……。確かに難しい選択だわね」

「麻衣子さんが選ぶとしたら、どの子にしますかね？」

「そうね。お会いしてないから、なんとも言えないけど、今の博之さんのお話を聴いた感じだと、博之さんが一番気に入っているのは、大学の先生みたいね」

「やっぱりそういう風に聴こえますか？　でもね。やっぱり前歴がね」

麻衣子はビールを一口飲み、少し考えてから言った。

「だったら、彼女に愛人になって貰ったら？　愛人なら問題ないでしょ。ちゃんと毎月お手当てを払って……。それも嫌？」

「確かに、それなら問題ないです」

現実に彼女が納得するかどうかは別として、愛人であれば、自分の中のハードルは一気に取り去られるように思う。

「愛人とだったら、一緒に住めるよね」

「はい、大丈夫ですね」

「でも、それって変だとは思わない？　奥さんだろうが、愛人だろうが一緒に住むという点ではおんなじだよ」

「そうですけど、なんていうか……」

博之は考え込む。

「なんていうか、愛人ならお金前提でもいいけど、妻は、愛が前提であって欲しい気がする」

しばらく考えてから答える。

麻衣子が手を伸ばしてきた。ガウンの中に手を突っ込み、驚いている博之を尻目に、肉棒を扱き始める。

「それって、男の身勝手だよね。あたしはただのセフレだから、博之さん以外にもいい男がいればエッチするつもりだけど、妻にだけ愛を求めるっておかしくない？」

「ああっ、ちょっと、麻衣子。そんなことされたら話ができなくなるよ」

しかし、麻衣子の手の動きは止まらない。あっという間に肉棒が屹立する。

「男はいい女がいれば、誰とだってセックスしたくなるじゃない。そこに愛はない。

でも、それは女だって一緒。嫁選びコンテストに応募する女なんか、みんなお金目当てだよ。あわよくば玉の輿《こし》って、要するに、自分より上流の男捕まえて、好き勝手に金使いたい、ということじゃん」

「それを言ったら、身も蓋もないけど……」

「あたしはね。旦那が死んで三年になるけど、本当に愛した男は旦那だけ。それは生涯変わらないと思う。だから旦那が死んでも、旦那の姓を名乗っている。でもね。セックスすることは、それと全然違うことなんだな」

麻衣子は博之の前に座るとガウンの前をはだけ、肉棒を剝き出しにする。すっかり偉丈夫といった風情になった逸物を、ぺろりと舐めてから続けた。

「あたしは性欲が強いし、男も好き。もっと言えば男のチ×ポが好き。博之さんのことを愛してはいないけど、この大きくて硬いチ×ポは大好き。だから博之さんと毎日でもエッチしたい」

そう言いながら、大きく口を使ってフェラチオを本格化させる。

「おおっ、凄いっ、麻衣子。わ、分かったよ」

昨日の丁寧なフェラと違って、ダイナミックで乱暴な口唇愛撫だった。あまりの激しさに、博之は麻衣子の怒りを感じた。

「分かったよ。確かに僕もエッチだったら誰とでも出来る。でも愛するのは……」

博之はそれ以上言えなくなった。自分は、本当は誰を愛しているのだろう？

「うふふふ。そうでしょう。セックスはみんなとしたい。でも本当に愛している人は分からない。それが本当よ。あたしは死んだ旦那を愛しているけど、それは彼との間に子供を作って、一緒に生活して時間を共有したからなの。その経験がない博之さんに、本当に愛している人を探すなんてまだ早いのよ」

麻衣子のフェラチオが優しくねっとりとしてきた。

「そうだね。だったら、全員愛人にして、エッチを楽しみながら、本当に愛する人を探すのが僕にとって一番いいのかな」

冗談のつもりで口にすると、麻衣子はそれに乗ってきた。

「そうよ。それくらいの気持ちでいたほうがいいと思う。もちろん、断る人もいると思うけど、それは覚悟の上ということで……」

「一番難しいのは、水希かなあ、絵里もそんなの認めない、って言いそうだけど」

「そこは当たって砕けるしかないわ。あたしもお手伝いするから。二人で明日まで考えて、作戦練りましょうよ。それより今晩は、ね、ここ、もうすっかりカチンカチンよ。この硬いもので、あたしをたっぷり可愛がってよ」

「言ったな、麻衣子、覚悟しろよ。今夜は寝させないからな」

麻衣子があられもない声を上げさせられ、たっぷり満足させられたのは言うまでもない。

2

高槻水希は、博之が訪ねてくるのを待ち望んでいた。

博之が自分にしたのと同じように、他の女のところに行って、手料理を楽しんだり、セックスをしたりしているのは分かっている。

それを覚悟の上でこのコンテストに応募したのだ。しかし、この身体に込み上げてくるうずうずした感覚はなんだろう。

(全然イケてない男なのに……)

水希は恋多き女だ。高校生の時に初めて恋人ができてから、三十歳を過ぎるまで、恋人が途切れたことはなかった。内緒だが、二股をかけたことだってある。

その数多い恋愛経験の中で、見た目が一番地味な男が博之だ。

(あんな奴と一緒に歩けるの……?　水希)

そう自分に問うてみるが、あの三日間、水希はとても幸せだったことを否定しようもない。

恋人と切れて一年あまりたち、自分の持て余し気味だった性欲を完全に解消してくれて、声が枯れるほどイカせてもらえた。セックスだけではない。一緒にいて、気持ちがとても落ち着いた。落ち目の女子アナの傷をいやしてくれた。

だからこそ、彼がいなくなって、心と身体の空虚感を持て余してしまう。

あの三日間が過ぎ、独りになってから、本気で彼を欲しくなった。彼の嫁になって、一生一緒に生きていきたいと痛切に思った。

(今、貴方が抱いている女は、あたしより素晴らしいの？　そんなことないわよね)

夜になると、どこにいるか分からない博之に向かって念を送りながら、自分で自分を慰めてしまう。

(あたしは、こんなものより、あなたがいいの。あなたが望むなら、仕事だって辞められる。貴方だけの高槻水希になるのよ)

自分の強いキャリア志向が、博之と一緒になれるなら封印できると思う。

しかし、彼が出て行ってから二週間、全く音沙汰がなかった。

SNSで書き込めば既読にはなる。しかし、彼は決して返信をくれなかった。

(こっちから連絡するのは禁止とは言われていても、返事ぐらい、くれてもいいじゃないの……)

返事が来ないと、彼への恋心が募る。男に対してこんな気分になったのは初めてだった。

博之からのメールが届いたのは、その悶々とした気持ちが爆発しそうになったあたりだった。

『自分で一番エッチだと思う格好で僕をお迎えして』

もう選んで貰えないのではないか、と心配していたところに嬉しい連絡。

(どんな格好が、一番エロいと思ってもらえるかな……)

水希はいそいそと準備を始めた。


「ただいま」

博之は以前と同じようにチャイムを鳴らしてから、水希の部屋のドアを開けた。

(さて、どんな格好で出てくるかな?)

博之が期待して待っていると、浴衣姿の水希が迎えに出てきた。

(えっ、水希が浴衣?)

これが絵里だったら予想の範囲だが、水希がこの格好で迎えてくれるとは思わなかった。

最低限の下着だけしか纏《まと》っていないらしく、浴衣から水希の抜群のプロポーションが見て取れる。

「お帰りなさい、博之さん。さあ、お着替えしましょうね」

鞄を受け取った水希は、寝室に先導する。

部屋に入ると、水希はジャケットを受け取りハンガーに吊るすなり、博之に抱きついてきた。

「ああっ、あなた、水希、とても寂しかったの……」

積極的にキスを求めてくる。

すぐにフレンチキスになった。水希は積極的に舌を絡めながら、シャツのボタンを外し始める。

(今日はずいぶん積極的だな……)

博之は、水希がベッドの中では信じられないくらい大胆になることを、先日の三日の生活で知った。それでも普段は上品なアナウンサーである。大胆にさせるためには、それなりのプロセスを踏む必要がある。

しかし、今日は自分からそのプロセスを端折《はしょ》ってきた。

水希の行為に触発されたように、博之は彼女の浴衣の背中を弄った。下には何も着けていない様子だ。薄い単衣越しに火照《ほて》った身体が感じられる。

ボタンを全部外し終わった水希は、キスをしたままシャツを剝ぎ取り、ズボンのベルトも緩めた。前ボタンを外すと、早速股間に手を伸ばしてきた。

「あああん、博之さん」

鼻を鳴らしながら、股間を弄っている。

博之は、負けじと浴衣の帯を解いた。はらりと帯が解け、前がはだける。案の定、ブラジャーは着けていなかった。柔らかい生乳を揉み始める。

乳房を弄られながらも、水希は博之のトランクスのゴムに手を掛け、一気に引き下げた。硬くなり始めた巨根が剝き出しになると、しっかり握りしめて、ゆっくりと擦り始める。

「おい、水希、どうしたんだ。エロすぎるよ」

性急すぎる水希の行為に驚いたように言うと、

「ああっ、はしたないのは分かっているんです。でも、博之さんと二週間も別れていたら、博之さんを見ると、ああっ、もう我慢できないんです」

じれったそうに前にしゃがみ込んだ。

「博之さぁん。水希にご奉仕させてくださいぃ」

そう言うなり、ほぼ屹立した肉棒に頬ずりしていく。

「おおっ、水希ぃ」

「ああっ、やっぱり、凄く大きくて、硬くて、逞しいの……」

水希は大きく口を開けて肉棒を包み込むと、舌先を肉茎に沿わせるようにして、柔らかく吸い上げる。

百合の花のような唇で、グロテスクな逸物が覆い被される。

「汗くさいだろう」

博之の言葉に逸物を咥えたまま顔を横に振った水希は、口をゆっくりと上下に動かし始める。

「あむっ……、あうん……、ううん」

最初は丁寧にしゃぶっていたが、すぐに激しく頭を前後に動かした。

バキュームを徐々に強めながら、舌全体を肉茎に巻くようにして鼻を鳴らすようにすると、口の中でシャフトが硬く太く成長する。

「ああっ、これがいいの、これがたまらないの……、あああん、大好き」

いったん唇を離し、愛おしげに頬ずりした後で、根元から亀頭の先端まで、ビロードのような舌でねっとりと何度も舐め上げ、カリ首を刺激する。

男の先端から、透明な液が零れ、水希の口の中に吸い上げられる。汗とは違った味にすぐに気づいた水希は嬉しそうに博之を見上げた。

「すぐにこんなになってくれて、水希、嬉しいです」

再び唇を被せた熟女アナウンサーは、喉の奥まで深く飲み込んでいく。

前をはだけて、乳首をちらりと覗かせる美女が奉仕してくれる。博之にとっては素晴らしい光景だ。

「浴衣を肩脱ぎしてくれないか？」

水希は直ぐに浴衣をはだけ、両肩を顕《あら》わにしてくれたが、それだとどうもフェラチオがしにくいようだ。

「これだと、ご奉仕しにくいので全部脱いじゃいます」

じれったそうに自分の浴衣を脱ぎ捨て全裸になった。

裸になった美女は、さらに大胆に頭を振る。滑《なめ》らかな舌が、じゅぼじゅぼと卑猥な音を立てる。

「おおっ、いいぞっ、水希」

フェラチオの技術が上達している。野太い逸物をしゃぶると華やかな美貌が淫蕩な表情に変わり、それが中年男の性感を刺激する。

(こんなに積極的な女なんだ……)

貪欲に攻められれば、逸物もより野蛮になり、女の口を更に犯したくなる。

博之は水希の頭を押さえると、自らの腰を動かして、喉奥に亀頭を押し込んでみる。

「お、おおっ」

水希は苦しそうな表情を一瞬見せるも、舌のご奉仕で苦しみを快感に変えているようだ。口端から涎《よだれ》がぼとぼと零れ落ちるが、それをものともしない。

逸物がマックスまで張りつめた。このままいったら、水希の口に放出することになる。それは予定外だ。

博之がイラマチオを止めて見下ろすと、水希が物欲しげな表情で、上目遣いで見上げているのと目が合った。

「したいんだな?」

「はい。博之さまのこの大きなおち×ちんを水希の下のお口にください」

その健気なエロさに、博之の興奮はマックスに達した。水希の身体を布団に押し倒した。水希は自ら、股を大きくM字に広げた。

そこで博之はびっくりした。女の中心には、あるべき黒い叢《くさむら》がすっかりなくなっていた。

「水希、どうしたの？」

「は、はいっ。自分で一番エッチだと思う格好で僕をお迎えしてって、博之さんがおっしゃったから……」

「それで、下の毛を剃《そ》ったの？」

「はい、素肌に浴衣だけ羽織ってお待ちすることを考えたのですが、それだけでは博之さんは満足されないと思ったので……、ああん、ごめんなさい」

「どうして謝るんだい。僕は、水希の心意気が嬉しいよ」

毛のあったところに舌を這わせてみる。つるつるだ。

そのまま舌を下に伸ばしてやると、割れ目の上端の突起が舌先に当たる。そこを軽く嬲ってやると、その下の秘穴は洪水だった。

「ぐしょぐしょだ。どうしてこんなになっているんだい」

「ああっ、だって、博之さんにエッチな格好をして待て、って言われたから……」

「僕は、エッチな格好をして、とは言ったけど、ここを濡らして待てとは言わなかったはずだけど」

「ああん、申し訳ありません。水希がエッチな格好でお待ちしたら、博之さんがどんなことをしてくださるかと思うと、あそこがうずうずしてしまって……」

「それで自分の指で弄っていたのか？」

「ああん、ごめんなさい。博之さんのことを思っていると、あそこが熱くなってしまって、そうすると、ひとりでに指が……、ああん、恥ずかしい……」

顔を両手で覆った。華やかな美貌が歪《ゆが》んで涙が零れる。それが三十路半ばとは思えない可愛らしさだ。

同性に嫌われるアナウンサーとして有名だった。確かに男好きする顔立ち。女性にとっては鼻持ちならないところがあるのだろう。

しかし、博之に抱かれるときは淫蕩な表情を見せるものの、その中に秘めた可愛らしさがある。それが博之の気持ちを高揚させる。

博之が股間に顔を沈めていく。

「毛がないと、水希のエッチなところが丸見えだよ」

「博之さんはエッチな水希がお好きですか？」

「もちろんだよ。だから、いつでも濡らしていて欲しいけど、自分の指で弄るのは禁止したいな」

「あああん……、自分の指ではしませんから、エッチな水希を博之さんがたっぷり可愛がって、濡らさせてください」

太股で顔を挟み、更に引き込もうとする。

舌を伸ばして愛液を啜る。前から感じやすい女であることは分かっていたが、今日は格別だ。吸っても吸っても、新たな愛液がこんこんと湧き出てくる。

「どうだ、こんなエッチなことをされて……」

「ああ、博之さんがされることは何でも素敵です。博之さんに吸われて、気持ちいいですぅ。あたし、もう、博之さんから離れられない」

博之ももう我慢できなかった。たっぷりの愛液で濡れそぼった熱い肉壺に逸物を這わせる。

「一番卑猥に、僕を誘うんだ」

一瞬考えた水希は、直ぐにアナウンサーにはふさわしくない言葉を叫んだ。

「博之さん、博之さんのおち×ちんで、水希のオマ×コを犯してください。水希を滅茶苦茶に気持ちよくさせてください」

「よし、希望を叶えてやるよ」

博之は亀頭で、淫弁の周囲をノックするように叩いた後、液の溢れる中心に野太い逸物を突き入れた。

「んんん……」

息を呑む音が聴こえる。そのまま力強く中に送り込んでやると、イソギンチャクのような媚肉がジワリと締め付けてくる。

一番奥まで送り込み、美女を見つめる。

「あひぃ、あぁん、ありがとうございますぅ。博之さんにこうされたかった……」

「待ちどおしかったか？」

「はい。博之さんにこうやって貫かれるのを夢にまで見ました。あああん、最高ですう。ずっとこうやって繋がっていられるんだったら、水希、死んでもいいですぅ」

（これが演技だったら、ものすごい女狐だな）

博之は水希の幸せそうな美貌を見つめながら唇を寄せていく。

博之は、水希に口を開けるように言うと、自分の唾液を落としてみた。

水希はそれをピンクの舌で受け止める。すぐにこくんと咽喉が鳴り、美熟女は博之の唾液を飲み下した。

「博之さんの唾、美味しいです」

その陶酔の表情は、憧れの美女アナウンサーが自分に満足しているという自信を付けさせる。

「ああむむ」

水希は伸ばされた舌先に吸い付き、愛おしげに吸ったかと思うと、自ら舌を絡めてきた。激しいフレンチキスになる。お互いに歯茎を舌で舐めあい、舌同士を絡み合わせ、更に吸い合う。

「あむっ……、くちゅ……」

ずん。

その間、博之は一番奥にあった逸物を七割がた引き出し、一気に押し戻した。

「あああっ……、凄いのぉ……」

一瞬唇を外した水希が喜悦の声を上げる。

その唇を再度塞《ふさ》いだ博之は、ゆっくりと腰を使う。

舌同士が絡み合ったまま動く腰は、声を上げられない水希にしてみればじれったい様子だったが、それを強いバキュームで押さえつけたまま、入り口と奥深くを往復する。ついでに柔らかい乳房を揉みしだくことも忘れない。

身体を震わせる美女が愛おしい。

腰を動かし続けながら、そっと唇を外し、声を上げてよがっている美女の顔を見ながら尋ねた。

「水希、僕が他の女を嫁に選んだら、水希はどうする」

「ああん、ダメですぅ。博之さんがそんなことをしたら、水希、死んじゃいますぅ」

心に秘めていた心配がすぐに表に出たのだろう。涙がすぐに零れた。

「多分、僕は水希と結婚しない。でも、水希が一生僕のものになってくれると誓ってくれたら、こういう関係はずっと続けられると思う」

水希は何を言われたのか、一瞬分からなかったようだ。眼を見開いて、博之の顔を見つめた。

「それってどういうことですか？」

「一生僕の愛人として、僕に付き合えということだよ」

「それって、他の人を結婚相手に選ぶということですか？」

「いや、違う。誰とも結婚しないつもりだ。でも水希には、僕の人生のパートナーの一人になってほしいということなんだ。そのかわり、水希とは必ず一緒に住む」

一瞬水希の顔は強張《こわば》り、何を言うのかと言わんばかりに厳しい表情になる。

（やっぱり、水希を納得させるのは無理だろうか……）

相手は一流大学出身の女子アナウンサーだ。プライドも高い。博之は弱気にならずにいられない。それでも、水希が自分に従うように、更に肉棒で中をかき混ぜながら強気に言ってみる。

「僕の女になる、って誓うんだ」

「無理、無理よ」

「誓ってくれたら、いつだって、こうやって、水希の中をかき混ぜてやるぞっ！」

「あひひひひぃ」

博之が膣洞を抉り立てた。

突き込みに合わせ、粘膜の襞ひとつひとつが歓喜の調べを奏で、甘美な締め付けでペニスに奉仕する。

「あうっ、ああん、いいっ」

「どうだ。僕の女になってよ。こうやってこれからも一緒にエッチする関係を続けてよ……」

博之は必死にお願いしながら腰を使う。

「そんな、無理、無理！」

悲鳴を上げて、顔を横に振っていやいやするが、久しぶりのペニスを受け入れた女の中心は、その柔らかさがますますちょうどいい感じになる。

「博之さんたら、どうして、こんなに水希をいじめるの！」

「僕の女になってほしいからだよ……。水希ぃ、そんなに僕が嫌いか……」

「大好きなんです。大好きだから、あたしだけの博之さんでいて欲しいのっ」

「それが出来ないんだよ。悪いんだけど、もし、水希が僕の女になってくれるといってくれなかったときは、僕は、もう、水希とセックスしない」

博之は憧れの水希からペニスを抜いた。自分の覚悟を見せるつもりだ。

「ああっ、博之さん……。行かないで……」

去り行く肉棒をとどめようと必死で肉壺を収縮させるが、もう、後の祭りだ。

博之は敢えて冷静に水希に告げた。

「水希が僕の愛人になるか、僕の前から去るか、それは水希が決めることだよ。僕は水希がどっちの選択をしても、その意思を尊重する」

水希はしばらく考えたのちに、声を絞り出すように言った。

「ほんとうに、誰とも結婚しないいんですね」

「そこは約束するよ」

水希は眼を閉じて、身じろぎもしなかった。

しばらくそのままの姿でいて、博之もその緊張感の中に身を置いた。

博之がその緊張感にそろそろ耐えられなくなったころ、身を起こした水希が正座をし、三つ指ついて頭を下げた。

「博之さん、み、水希は、博之さんの女になります。だから、可愛がってくださいね」

「ああん、もちろんだよ。でも僕は、本当にいやらしい男だからね。そんなスケベ中年についてこられる覚悟はあるんだな」

「はい。もちろんです」

「僕がもっといやらしい女になれ、って言ったら、なれるか？」

「なれます。なってみせます」

「僕は、町の中を裸で歩いて食レポしろ、ぐらいのことを言うかもしれないぞ。それも、従うんだな」

「はい、頑張ります」

間髪入れなかった。博之は、彼女が本気で自分を愛していることを信じた。

博之は優しく水希を抱き起こすと、仰臥《ぎょうが》の姿勢を取る。

「じゃあ、今度はお前が上になるんだ。最高にいやらしく腰を使って、僕から精液を搾り出すんだ」

「あああん……」

水希が恥ずかしそうにいやいやする。

「その前にもう一つ恥ずかしい命令を出してやるよ。僕の顔の上にしゃがんで、僕のチ×ポを抜いたばっかりのオマ×コを見せるんだ。いいね」

「ああっ、それが博之さんのお望みなら……」

「顔面騎乗が終わったら、今度は自分でチ×ポを入れて、自分でイクまでピストンするんだ。取り澄ました美人アナウンサーから、エロアナウンサーに変身するんだ」

「博之さんのためだったら、水希、いくらでもエッチなアナウンサーになります」

もう水希は躊躇しなかった。博之の顔を跨ぐと、足をM字に広げ、ゆっくりと腰を下ろしていく。

博之の顔の上五センチぐらいのところで、腰を止め、身体を支えるために両手をベッドの宮につけて堪える。美脚をぶるぶると震えさせ、顔を背けて恥情に耐えていた。

「こういう時はなんて言ったらいいか、わかるかい」

博之が下から声をかける。

「恥ずかしいことを言うんですよね……。ああっ、博之さん、水希のいやらしいぐちょぐちょのオマ×コを、よくご覧になってください」

肉棒を抜いたばかりの秘苑は、ポッコリ穴が開いていて、中の赤い襞が丸見えだ。そこはねっとりとした透明の液で覆われていて、それが玉になってしたたり落ちる。

「チ×ポを抜いたばかりのオマ×コって、綺麗だよ」

博之の偽らざる感想だ。自分が蹂躙した花園は愛しいものだ。

「愛している印に、中のジュースを飲むよ。僕の口にオマ×コを当てて」

「ああっ、嬉しいけど、恥ずかしい！」

博之の唇と秘唇とが密着したところで、水希の中身を吸い上げる。ちょっと塩気のある愛液が美味だ。

「あああああっ……。あああん」

ひとしきり吸い上げて、水希を悶えさせたところで、水希の尻を持ち上げるようにして促した。

「さあ、今度は自分でオマ×コに僕のチ×ポを入れて、僕がイクまで頑張るんだ」

博之の逸物はさっきからの最高の硬度を保ち続けている。

水希はその根元を押さえ、その位置を確認するようにしてM字に開いた足を折るようにして、自分の尻をゆっくり下げていく。

ついに亀頭が秘穴に接触した。

「さあ、思いっきりに腰を下ろすんだ」

その言葉に水希はピクリと身体を動かしたが、「はい」と小声で返事すると、一気に腰を落とした。

「ひぃっ！　凄いっ！」

身体がぶるぶる震えている。入った快感が脊髄から脳まで一気に駆け上がったのだろう。身体全体から妖艶さを醸《かも》し出している。

水希は博之の命令を思い出したようだ。唇を噛みしめながら、腰を持ち上げ、それをまた落とす。足のばねを使って繰り返すと、快感が抑えられない様子。

「ああんっ……、いいっ……、いいのおっ……」

喜悦をあらん限り叫びながら、腰をローリングさせていく。

「ああっ、イキそうですぅ、水希、博之さんの上でイキそうです」

「ダメだぞ、水希、イクときは僕も一緒だからな」

「そんなあ、無理ですぅ。水希ひとりでもイカせてください」

色白の裸身はすっかりピンクに染まり、汗が噴き出すように流れている。

「ダメだよぉ、でもこのまんまだと、水希がひとりでいっちゃいそうだな。じゃあ、僕も特別手伝ってやるよ……。足をM字に開いたまま、腰を上げて両手を布団について身体を支えるんだ」

「は、はい」

言われたように水希が体勢を整えると、博之は待っていましたとばかりに下から突き上げる。無毛で遮るもののない水希の秘裂を博之の黒光りする逸物が出入りする。

その様子があまりにいやらしく、更に興奮して、ピッチが激しくなってしまう。

「あふぅ、いいいいいいっ！」

叫び声が水希の興奮を示している。

「いくっ！　いくっ！　ああぁん、あたしもうイッちゃうぅ……。博之さんも……」

揺らさせる熟女アナウンサーの締め付けがますます博之の性感をいざなう。博之もそろそろ限界だった。

「水希、僕もいくぅ」

「博之さぁん、嬉しい、水希と一緒にイキましょう」

「よし、一緒にイこう」

ラストスパートの突き上げを始める。中年男には辛い試練だったが、それだけ得るものも大きかった。

「イク、イク、いくぅ」

憧れだった美人アナウンサーは、博之の上で身体を弓なりに反らし、膣を収縮させて痙攣する。

その締め付けに、限界に来ていた博之も、白い精を水希の膣内にしぶかせた。

3

何分かして、二人はようやくのろのろと立ち上がった。

「シャワー浴びようよ」

博之は絶頂に達して呆然としている水希を立ち上がらせた。

浴室は、リビングを突き抜けた向こう側にある。二人は全裸のまま、もつれるようにリビングに入っていった。

「キャーッ、誰、あなた」

水希がものすごい悲鳴を上げた。

ソファーに座っていたのは、麻衣子だった。

それを確認すると、博之は逃げ出そうとする水希をがっちり止めた。

麻衣子はその水希に向かって、落ち着いた声で言う。

「はじめまして。あたしは山村麻衣子と申します。博之さんのセフレです。今後お見知りおきを」

水希は怒った様子で問いかける。

「セフレだか、何だか知らないけど、何で、あたしの部屋に勝手に入り込んでいるんですか」

「勝手ではありませんわ。博之さんに来て待っていてくれ、と言われて、合鍵を渡されたの」

「博之さん、本当ですか？」

博之は頷いた。

「水希、とりあえずシャワーを浴びようよ。そして、落ち着いたら、麻衣子と話をするから……。麻衣子、もう少し待っていてね」

二十分後、急いでシャワーを浴びた二人は、リビングで待つ麻衣子の前に座った。

麻衣子が水希に向かってこれまでのいきさつを説明した。自分がこのコンテストに参加したきっかけから、博之にセフレの了解を取るまでの経緯だ。

「私が博之さんとたっぷりエッチした後に、嫁候補になることを辞退してセフレにしてもらうことに決まったら、博之さんに、誰と結婚したらよいか分からない、って相談されたの。だったら、あたしが三人にお会いして、誰と結婚すべきか、アドバイスして差し上げましょう、って申し上げたのよ」

「麻衣子、でも水希はもう大丈夫だ。さっき話をして、たとえ僕と結婚できなかったとしても、僕のパートナーの一人として一生尽くしてくれる、って約束してくれたんだ」

「うん、それが賢明な選択だと思うわ。だってね、博之さんたら、三人とひとつ屋根の下で暮らしたい、って言うのよ」

「これって、妻妾同居ってことになるんでしょうか……？」

「いえ、違うわ。博之さんは誰とも結婚しないのだから。みんなでシェアハウスに移り住んで、博之さんもシェアする、って考えればいいと思うの」

「博之さんを……シェアする？」

「そう。三人が、博之さんの愛人になるのではなくて、博之さんのおち×ちんをみんなで分けて使う、ということね。そうなれば三人はイーブンだし、お互い仲良くもできるでしょ」

　この考え方を聞いたのは初めてで、博之は驚いたが、同時に納得いく提案だとも思えた。

水希はまだ飲み込みきれず、声も出ないようだ。

「だって、仕方がないわ。博之さんのこと、みんなが好きなんですから」

麻衣子が止めを刺すように言った。

水希はしばらく考えていたが、最後は納得したように明るく言った。

「そうですね。あたし、そのシェアハウスに移り住んで、みんなと一緒に博之さんを楽しみます」

「水希さんが賛成してくれて、あたしは心強いわ。あとの二人も、今日みたいに説明して納得してもらって、みんなで暮らしましょう」

エピローグ

半年後、シェアハウスが完成した。土地代と建築費は、もちろん全額博之持ちである。嫁選びのコンテストは中止することで紹介会社のワビオとは話をつけた。そして博之を含めた五人は全員、ワビオから退会し、シェアハウスが完成するまで自分の元の家に戻った。

シェアハウスで一緒に暮らすことについては絵里が最後まで渋っていたが、博之の逸物の魅力には勝てなかったようだ。最終的には、全員がシェアハウスで暮らすことに合意した。

家は、それぞれのプライベート・ゾーンと共有スペースに分かれている。

プライベート・ゾーンは四つ。それぞれが十畳ほどの洋室とユニットバス、ミニキッチン、四畳ほどの収納スペースからなっている。ここを水希、絵里、麻耶、麻衣子がそれぞれ使う。

共有スペースとして三十畳ほどの広さのリビング・ダイニングとオープンスペースのキッチン、それに二十畳ほどの博之のベッドルーム、それに大人五人が一緒に入れる広さのある浴室が用意された。

ただ、子供がいる麻衣子だけは、子供たちがひとり立ちするまでは、すぐ近所の自宅からの通い婚のような形になる。これにも全員が合意していた。

今日は全員の引っ越しが完了し、家開きのパーティである。

女たち全員が一堂に会するのは今日が初めてだ。それでも、同じように博之を愛しているという共感が、皆をすぐに打ち解けさせた。

女四人で料理を作り、ダイニングテーブルに並べた。最高級のシャンパンを開けて乾杯する。

「乾杯」

全員で食事をし、後片付けまで済ませると、シェアした博之を全員で楽しむ番だ。

全員が博之の寝室に移動する。ここには、キングサイズのダブルベッドが二台とソファーが置いてある。

既に全裸に剝かれた博之はベッドに仰向けになっている。

黒いシルクのビスチェとお揃いのTバックショーツ、それに黒のガーターベルトで黒いストッキングを吊るしているというスタイルで、博之の唇を吸っているのは水希だ。

真珠のような肌に黒い絹のコントラストが見事に映えている。

「やっぱり、博之さまの唾、大好きですわ」

舌を絡めて華やかな小顔を動かすと、博之の間に唾液の橋ができる。

「旦那様の乳首、もうこんなに硬くなっていらっしゃいますよ」

透明のマニキュアを塗《ぬ》っているだけの細指は絵里だ。絵里のスタイルは、赤い湯文字一枚で、形の良い巨乳は既に皆にさらけ出されている。

絵里は湯文字に合わせた真紅の口紅を塗り、そこから伸びた舌先は、指でしこらせた男の乳首をねっとりと這い回る。

「一番でひーさまのおち×ちんを触らせてもらえるなんて、麻耶、幸せです」

麻耶が身に着けているのは、乳首が剝き出しのカップレスブラ、それにTバックのショーツだ。色は白。ショーツのレースの刺繡が凝っている。

とびっきりキュートな笑顔は、ソープ嬢時代の「さくら」と全く同じだ。可愛らしさと妖艶さを兼ね備えた大学准教授は、もう猛り始めている逸物に頰ずりをした。

「ひーさまのこれ、本当に素敵。大好きですぅ」

亀頭部にチュッとキスをした後、カリの裏側から甘く舌先を這わせていく。

それを見ながら、麻衣子はコンテストが終わってから今日《こんにち》にいたる半年間のことに思いをはせていた。

この半年間一番大変だったのは、間違いなく博之だ。しかし、麻衣子もかなり大変だった。

博之自身の運気が上がっているのか、ウェブ関係の仕事がますます順調になり、会社の業容が拡大した。

博之の偉いところは、仕事もきっちりとこなしたうえで、女たちとの関係もおろそかにしなかったことだが、さすがに寝不足が続いて体調を崩し気味になっていた。

それを見かねた麻衣子は、博之の仕事を手伝い始めたのである。昔、大手企業で経理や購買の仕事をしていたので、博之の会社程度の仕事は全然問題ない。

頼られた麻衣子は、子育てを続けながら、今は管理部長として、博之の会社の総務、人事、経理を見ている。

一方、博之は彼女たちに対して徹底的にまめに尽くした。この六か月間、麻衣子も含めた四人の誰かとは毎日必ずセックスし、イカせていた。同居後のことを考えて3Pも何度もやった。

仕事と同じように彼女たちに対しても、自分の最高を捧げようと努力した。

博之は会社の実務のキーマンで、それだけでも大変なのだが、女に対しても全然手を抜かなかった。その努力のおかげか、セックスの技術がますます向上し、女たちをイカせるまでの時間が減少した。

また精力もどんどん強くなっている。

一晩二度は当たり前、その気になれば四回だっていけるのではないかと思う。

女たちも綺麗になっている。もともと美人の熟女たちだったが、博之をシェアするようになって、ますます美しさに磨《みが》きがかかっている。多分ライバルには負けられないと、皆心の中でそう思っているのだ。

(見た目は全然いい男じゃあないんだけどね)

風采が上がらないのは昔のままだ。しかし、男としての自信は確実について、その良い影響が女たちにも出ていた。

水希は既に全くなくなっていたキー局のテレビについに呼ばれ、その評判が良かったので、次の改編時にはレギュラーを持たせてもらえそうだ。

つぶれそうな短大で准教授をやっていた麻耶も、論文が評価されたようで、来春から有名私大で准教授のポストを得ている。

そういう縁起のいい日は、必ず博之に中出しされた翌日だということを知って、女たちは博之からますます離れられなくなっている。

三人とも間違いなく博之を愛している。本気で身も心も捧げる気持ちだろう。

それは麻衣子だって同じだ。以前は、博之と結婚することはないと豪語していたが、彼と仕事とセックスとの両方で付き合っていくと、彼の人間性が尊敬に値するものであることを知り、彼を慕《した》う気持ちがどんどん高まっている。

三美女のご奉仕が続いている。ご奉仕されている博之が麻衣子に目配せした。

（あたしにも早く参加するように言っている……）

まだスーツ姿でいた未亡人は、上着から脱ぎ始めた。薄紫色のありふれたブラジャーとショーツ姿になり、それからそのブラジャーも外して、ショーツ一枚になると、博之のサイドに位置する。

「遅くなりました。今日は可愛がってくださいね」

麻衣子のポジションは、絵里の向かい側だ。そこで、博之の左半身を全身リップで愛撫していく。

博之は、絵里と麻衣子の乳房に手を伸ばしてくる。豊満な二つの美巨乳を揉みながらハーレムのサービスを受けている。

「どんなご気分ですか？」

「最高だよ。四人一緒にご奉仕されることが、こんなに気持ちいいだなんて、予想以上だった」

そのご主人様の言葉に四人の愛人たちは、ますます熱心になる。

水希のキスはますます熱を帯び、絡まる唾液も更に甘みを増した。

絵里と麻衣子の全身リップも、浅黒い男の肌にキスマークがつきそうなほどに激しくなっている。

麻耶のフェラチオも、肉棒を喉奥まで送り込んで、ジュボジュボ音を立てている。

「このままでいくと、そろそろヤバい。チェンジしてくれ」

その言葉に四人は名残《なごり》惜しそうに位置をずらしていく。今度は、水希と麻耶がサイドに位置して全身リップ。麻衣子がキス、絵里がフェラだ。

「四人一緒にずれてくれると、全身の感じが切り替わってとても気持ちがいいよ」

いきり立ったままの肉棒を絵里が愛おしそうに愛撫している。

「旦那様、絵里のお口にいつ出してくださってもいいんですよ」

「それはなしだよ。今晩は全員に僕の精液を中出しするつもりだから、今から無駄打ちするわけにはいかないよ。それよりチェンジしようよ」

こうやって四人が一周した。

博之は四人全員から交互にキス、フェラチオ、乳首舐め、全身リップのサービスを受け、もうふにゃふにゃになっている。

女たちもご奉仕している間に興奮してきている。いつの間にか、全員下着を取り去り全裸になっていた。

「みんなでするって、なんて気持ちいいんだろう。みんな、僕の元から絶対離れちゃいやだよ。ずっと僕のものでいてね」

「当然ですわ。あたしは、アナウンサーの仕事なんていつだって捨てられます」

「旦那様。絵里はお約束しました。旦那様のご命令は何でも聞くって……」

「麻耶はずーっと、ひーさまのものです。もう絶対にいなくなりません」

「博之さま、麻衣子も公私ともども、支えますわ」

四人はそれぞれの言葉で博之への永遠の愛と服従を誓った。

「だったら、僕の命令は何でも聞いてくれるね」

「エッチな命令に限りますすけど」

水希が冗談っぽく言うと、皆が真面目に頷いた。

「じゃあ、みんなが僕の女であることを証明する印に、オマ×コの毛は全員剃っちゃおう」

「わっ、社長って、本当にいやらしいこと考えるんですね。でもそれはもちろん、みんなOKだと思いますよ」

麻衣子が代表して答える。

「じゃあ、今日は僕が、今日の日の思い出に全員の毛を剃るね。明日からは、皆がお互いに剃りあうか、僕に剃って貰って、いつもツルマンでいることにしよう。それでいいね」

今の女たちに、博之の指示に反対できるものがいるはずがない。

「あっ、剃っていただけるんですね」

嬉しそうに答えたのは麻耶だ。

「そうだよ。じゃあ、麻耶から剃ろうか。誰か準備してくれる？」

水希がすっと立ち上がり、浴室から洗面器、蒸しタオル、安全剃刀などを持って戻ってきた。

麻耶がベッドに仰向けになり、大股を開く。阿吽《あうん》の呼吸でその両足を押さえたのは水希と麻衣子だ。

麻耶の腰の下に枕を押し込み、股間を持ち上げる。

博之はまずはさみで麻耶の黒い縮れ毛をざっくり切り落とした。それから刷毛で泡立てたシェービングクリームを塗りつける。

「ああっ、やっぱり恥ずかしいわ」

他の女の眼はやっぱり恥ずかしいようだ。麻耶は真っ赤になって、頭を左右に振った。

「お互い様だろう。それにお互いにオマ×コの底まで見せ合ってこそのシェアハウスだよ」

「そ、そうですね」

安全剃刀《かみそり》を当てて剃ると、ほとんど音もなく黒い叢が消えて、白地が見える。

そこを三人の女たちが興味津々に覗く。

「あら、可愛いオマ×コだわ」

「旦那様が惚れ直しそうね」

「一本残さず剃り落として綺麗にするからね」

博之は陰唇を伸ばしたり、腰を持ち上げて肛門の周りを確認したりして、剃り残しを確認する。

すっかり綺麗になったことを見定めると、残ったクリームを蒸しタオルで拭き取れば完了だ。

こうやって、他の三人も、アンダーヘアーがきれいさっぱり消え去った。

「ちょっとベッドの上に並んでごらんよ」

四人の巨乳熟女がベッドの上に立ってポーズをとる。

「ああ、最高の眺めだよ」

美貌、巨乳でプロポーションも見事なヌードが四人並べばそれだけでも壮観だ、その全員とも股間が幼女のように白い。そのアンバランスさがエロスを更に強調する。

博之は一度離れて全員を視野に収めて確認した後、並んで仰向けになってM字開脚するように命じた。

博之は女たちの股間に順番に舌を伸ばしていく。女たちの股間も熱い泉で既に洪水だ。

「ああん、博之さま」

「ひーさまったら、エッチ」

「旦那様、ありがとうございますぅ」

「あなたぁ、水希のここ、美味しいですかぁ」

四人が四人ともお互いに密やかなライバル心を燃やし、しかし、そこをおもむろに見せないところが絶妙だ。

「そろそろ、お風呂でサービスしてもらおうかな」

四人の股間をたっぷり堪能《たんのう》すると、博之が言った。

五人はそろって浴室に移動する。

浴室は博之のベッドルームの隣だ。曇り止め加工した素通しのガラスで区切られている。ここには密着すれば五人が同時に入れる広さの湯壺とそれに見合っただけの広めの洗い場がある。

いわゆるスケベ椅子やエアマットなどのソープ用備品も取りそろえた。

麻耶は既に三人に、ソープ嬢のサービスの仕方を教えている。

「一度ソープで二輪車ってやってみたかったけど、今日は五輪車だね」

「みんなで、ひーさまを天国に送って差し上げますわ」

この場のリーダーの麻耶がにこやかに笑った。

洗い場の中央に置かれたスケベ椅子に腰を下ろすと、すぐさま八本の手が博之の身体のマッサージを始める。あっという間にローションまみれになる。

「どうですか？　水希のツルマン……気持ちいいですか？」

博之の右腕を長い美脚で挟み込み、割れ目を前後に擦りつけて洗っているのは、美人アナウンサーだ。

ショートカットした栗色の髪の華やかな美貌と娼婦のしぐさとのギャップが、いやらしさを迸らせる。

こんなところを昔の「水希萌え」と言っていたオタク仲間が見たら、鼻血を吹き出すぐらいでは、すまないかもしれない。

既に何回も抱いて、水希のありとあらゆるところを知っている筈《はず》の博之ですら、心臓がどきどきしているぐらい、そそられる光景である。

もちろん水希だけが理由ではない。

「あたしのオマ×コも気持ちいいでしょう？」

そう言って、左腕に自分の股間を擦りつけているのは絵里だ。絵里が巨乳を揺らしながら、股間を上下に擦り下ろす姿は、普段がお淑やかな日本美女であるだけに、何度見てもいやらしい。

「あたしのおっぱいだって気持ちがいいですわよね。ふわふわですものね」

そう言って、背中にＩカップの巨乳を擦りつけているのは麻衣子である。複雑な円を描きながら博之の背中を這い回るマシュマロおっぱい。

「ねえ、素敵でしょ、麻衣子。社長さんにだったら何でもできるわ」

社員であることをさりげなく強調する。

スケベ椅子の下にもぐりこんで、くぐり椅子の恰好でアナルに舌を伸ばしているのが麻耶だ。

「ああん、凄く美味しいですぅ、ひーさまのお尻の穴」

童顔巨乳の大学准教授は、一番いやらしい恰好で昔覚えたソープ芸を披露している。しっかり腹筋を使って、顔を持ち上げ、甘い舌先で、最愛の男の汚れた穴を優しく清めている。

「こんな技、昔、やってくれなかったよな」

「教えては貰っていたんですけど、そんなことしなくてもお客さんは満足していたので、誰にもしたことがなかったんです。ひーさまが一番好きだから、今日から解禁ですぅ」

そう言いながら、男の尻穴に唇を押し当ててちゅうちゅうと吸い上げてみせた。

「あたし、ひーさまのご命令なら、何でも聞きますわ」

「そんなの、麻耶さんの特権じゃないわよ。あたしだって聞きます」

「あたしも」

「あたしも」

皆、博之に奉仕することが、自分の興奮と満足に繋がっている。上気した表情がそれを物語っていた。

「みんな最高に可愛いよ」

三十路の熟女に可愛いがどれだけ誉め言葉になるのか知らないが、博之にとってこの四人は、可愛い女以外の何物でもない。

（この関係は、ずっと続けていくんだ。そのためにも、これからは本気で子作りに励まなけりゃな……）

付き合い始めた当時は、女たちにピルを飲むようにお願いしていた。引っ越ししてきたからにはもうその必要はない。

明日からは、全員にピルを飲むのを止めさせるつもりだ。

（自分が四人の女たち全員を孕《はら》ませたら……）

考えただけでも武者震いしそうだ。

（そのためには、自分はもっと頑張るんだ。いい夫になり、いい父親になるんだ）

女たちの献身的なサービスで、博之の巨大な逸物はいつも以上に威容を見せている。その睥睨《へいげい》する姿に恐れをなしているのか誰も手を出してこない。もちろんお互いに牽制しているのかもしれない。

「そろそろ、チ×ポもみなにしっかり洗って貰おうか。じゃあ、まずは水希だ」

その言葉に、残った三人が立ち上がり、麻耶と絵里が博之の両サイドから乳房を密着させる。二人はゆっくりと乳房で肩のあたりを擦り始める。

「水希はどこを使って、僕のチ×ポを洗ってくれるんだ」

「手とお口で洗わせていただきますわ」

水希は前に跪くとゆっくり扱き始めた。

「いつもより、硬くて大きくなっているような気がする。ああっ、素敵です」

ごつごつした魁偉なものが愛おしくて仕方がない、というように丁寧に全体をしっとりと撫でまわした後、ローションを舐め取るように舌でペチャペチャと表面を撫でまわす。

次いで、喉奥までしっかりと肉茎を送り込み、ジュボジュボと音を立てながら、前後にマッサージする。その気持ち良さと、麻耶と絵里の乳房の感触が相乗的な気持ち良さに繋がる。

「あああっ、本当に天国にいる気分だよ」

浴室に入ってから、博之は何もしていない。ちょっと指示を出す以外は、みな彼女たちのやりたいようにさせている。そのマグロ感が気持ちいい。

「そろそろ麻衣子に代わって」

ねっとりとしたアナウンサーの舌遣いももっと味わいたかったが、手持ち無沙汰の熟女部下を放ってもおけない。

名残惜しそうに口を離す水希。たっぷりとした唾液が口から糸を引く。

「では、あたしは、下のお口で洗わせていただきますわ。大きく膝を開いていただけますか」

「こんな感じか」

博之は目いっぱい膝を広げる。

麻衣子は、博之の肉棒の付け根を後ろ手で確認すると、そこに自分の割れ目を寄せてきて先端を触れさせる。

「中に入れるのか？」

「はい」

そう答えながら、尻を突き出して、逸物を飲み込んでいく。

「あっ、ズルいです。エッチしてる」

麻耶が覗き込んで言った。

「これって、ソーププレイの一つだって、麻耶ちゃんが教えてくれたじゃない」

「嘘ですよ。あたし知らない。でも、麻衣子さん、凄いこと考えますね」

「だって、博之さんのおち×ちん、出来るならいつだって入れておきたいもの。ねえ、みんなもそうでしょ」

「そうですけど……」

麻耶は不満な表情だ。

「じゃあ、三十秒交替で洗ってくれ。それなら公平だろ。でも、あくまでも壺でおち×ちんを洗っているだけだからな。気持ちよくなってはダメだぞ。じゃあ、数えるぞ。一、二、三……」

麻衣子は腰を動かすが、硬い楔《くさび》を膣で擦れば、気持ちよくならないはずもない。声を出さないように唇を噛みしめながら、必死で腰を動かした。最初は膝をついているだけだったが、徐々に気持ち良さに耐えられなくなったのか、四つん這いになって腰を動かす。

「……、二十九、三十。三十数えたぞ、次は誰が洗ってくれるのかな。絵里か」

「はい、あたしのお壺でも、旦那様のおち×ちんを洗いますわ」

「じゃあ、絵里は反対向きだ」

しっかり上を向いてそそり立って湯気を立てている逸物を、対面座位の形で入れるように命じた。

「ああぁっ、旦那様、凄いですぅ」

絵里の肉襞がムニュッと締め付けてくる。麻衣子と絵里と続けてくると、二人の感触が違う。その違いを感じられるのが、博之には嬉しい。

「おっぱいで胸も擦りながら、おち×ちんも洗ってくれ。水希と麻耶は背中をお前たちの身体を使って洗うんだ」

「ああっ、きついですぅ」

絵里はそう言いながらも気持ち良さは隠せない。必死に腰を動かし、乳房で胸を擦る。それに合わせるように水希と麻耶の乳房も背中で踊る。

そのトリプルの感触は最高だ。

「おおっ、いいぞぉ……、凄い」

その十分後、身体を拭いた四人の美熟女は、ベッドに四つん這いになって、お尻をグラインドさせながら、博之を誘っている。

四人は全員バイブレーターを持たされている。バイブで自分を慰めながら自分の一番いやらしい姿で博之を誘うように命じられている。

「一番エッチに誘ってくれた人からいこうかな……」

その言葉にすぐに反応するパイパン美熟女たち。

「お願いですぅ……、水希のこと……、滅茶滅茶にしてください……ああん」

「ダメよ、一番は麻耶よ。ひーさまとは七年前からの付き合いなんですから、麻耶に最初にいらしてぇ」

麻耶は片足を上げて、バイブで媚肉を開きながら誘ってくる。

「一番旦那様のことを愛しているのは、あたしですぅ。あひぃ……、ああん、だから、絵里にいらしてぇ……」

すがりつくような眼で見つめてくる和風美女もいる。

「うふふ、一番後腐れがないのは、一番年上のあたし。ああっ、ダメッ、ああん、麻衣子がああっ……」

一番大きなヒップをダイナミックに振りながら切なそうな表情を見せる麻衣子。

黒いシーツの上に白い四つの裸体がいやらしく踊っている。

(ほんとうにこんなになってしまったんだ……)

博之は四人と何度もセックスをして、四人の身体の隅々まで知っている。しかし、一度に並ばれて、フェロモンをあふれ出しながら自分を誘っている光景を見て、感無量になる。

こんな美女たちを一人抱けるだけでも、いつも自分の幸福を感じていたが、四人並べば、その幸福感は四乗にもなる。

モデルに見まがうような、素晴らしいプロポーションを左右にくねらせる水希の姿は、クールビューティーで一世を風靡していたころのファンには決して信じられないだろう。

「ああん、バイブだけでイキそうなんですぅ……。その前に、ダーリンのおち×ちんでお仕置きしてくださいぃ……」

九十センチのGカップ。三十五歳になった今でも型崩れのない水希のロケットバストがピクピクと波打っている。

隣では、小柄な体に似合わないGカップおっぱいの准教授が、バイブを自ら肉壺に押し込んで博之を誘っている。

「あひいっ……、あああん、な、中でバイブが……、動き回っているの……、ああん、来てぇ、ああ、何でもしますからぁ……」

何もなければ学者の知的な表情を見せる麻耶だが、今はあどけない童顔をこれでもかと言わんばかりに妖艶な表情に変えている。

その可愛いいやらしさこそが麻耶の真骨頂だ。

更に自分の世界に入っていたのが、絵里だ。

「あああん……、こんなお道具は嫌ですぅ……、旦那様が来て滅茶苦茶にして欲しいのぉ……」

そう言いながら、バイブをズボズボ出し入れしている。

反対に一番冷静だったのは麻衣子だ。もちろんバイブを使って、自分を慰めてはいるものの、一定の節度があり、他の三人の状態を確認していた。

博之と眼が合った。

「あたしは大丈夫だから、三人を可愛がってあげて……」

そう心にもない言葉を囁いた。

博之は、すぐさま麻衣子の足の間に入った。

「麻衣子、お前からお仕置きしてやる。この淫乱未亡人が……」

言葉とは裏腹に、博之は麻衣子の持っていたバイブレーターを取り上げると、ヒクヒクと震える太股に柔らかくキスをして、そこから舐め上げる。

(麻衣子、ありがとう。君のアイディアのおかげで、僕は今、こうしていられる。だから、今晩の一番槍は、麻衣子、君が受けてくれ)

そういう気持ちで博之は慈しむように股間を舐め上げると、美熟女未亡人の上に覆いかぶさり、剛直を花弁にあてがっていく。

「あたしが、一番でいいんですか」

「もちろんだよ」

「ああぁん、麻衣子幸せですぅ……」

一番年長の熟女が女子高生のような感動の声を上げた。

その声を聴きながら、剛直を奥まで突き込む博之。

麻衣子の中は、思った通り熱い粘液に満ち溢れ、図太い逸物をねっとりと濃厚に締め付けてくる。

「ああん、あんっ」

麻衣子の表情が更に淫蕩になり、突かれるたびに白目が目立つようになった。

「凄い締まりだぞ、麻衣子」

「ほ、ほんとですか……、う、嬉しい」

最年長の熟女は一気にアクメに達する。

「ああっ、いいのぉ、ああっ、麻衣子、イキますぅ、イク、イク、イク……」

激しい絶叫を上げげて、自分の絶頂を周囲に伝える。

「あたしにもください」

そう叫んで、まだ解いていない肉棒と花弁の交差する部分にすぐさま舌を伸ばしてきたのが絵里だ。

「お願いです……。絵里のオマ×コにも……、旦那様をください」

滴る麻衣子の愛液を舐め取りながら、幹の裏側から皺袋まで懸命に舌を伸ばす和風美女。

「絵里……、獣のように犯してやるから、ケツを上げるんだ」

「ああっ、嬉しいです。バックで攻められるの、絵里、大好きですぅ……」

すぐさまその姿勢を取り、自分の両手で肉弁を開いてみせる。

「後ろから見ると、本当にスケベなオマ×コだ」

膝立ちになった博之が中を覗き込む。可憐な美花の周辺はすっかり濡れそぼり、周囲を軽くなぞってやるだけで、蕾がヒクヒクと収縮する。

「ああん、恥ずかしい」

羞恥《しゅうち》に身悶えする美女の中に、博之は後ろからぶち込んでいく。

「あひぃ……、す、凄いのぉ」

甲高い声が絵里の快感を伝える。

「お願いです……、絵里、絵里の中に……、出してください」

「ダメですぅ、出して下さるのはあたしよ」

絵里を厳しく追い込んでいる博之にしなだれかかってきたのが水希だ。すぐさま遅れてはいけないと、麻耶も腰にすがりついてくる。

「あたしにも……、してくださぃ」

美声のアナウンサーは耳元で囁きながら耳朶を甘噛みする。

顔を傾《かたむ》けて水希の唇を吸うと、完熟の甘い唾液が流れ込んでくる。絵里に腰を雄渾に打ち付けながら、熟女アナウンサーの秘苑に武骨な二本指を滑り込ませ、中をかき混ぜる。

「ああん、素敵ぃ、ダーリンの指……」

美熟女アナウンサーの蜜壺は、その美貌と同様に甘く蕩けている。その中で、小刻みに揺らしながら、中指と人差し指とを気まぐれに交差させてやると、妖艶な美女は、狂ったように裸身を震わす。

「あああっ、凄くいいのぉ……」

噴水のように吹き出す潮が、黒いシーツを濡らしていく。

そこを横目で見ながら、絵里を追い込んでいく。

「ああっ、イクッ、イクぅ、イッちゃううぅ……」

身悶えしながら絵里がアクメに達したことを宣言した。

博之はすぐさま絵里から逸物を抜き去ると、潰れた絵里はそのままに仰向けになる。ごつごつした屹立は二人の熟女の愛液ですっかり濡れそぼっている。

「水希、お待ちどうさま、僕の上で感じてみるんだ。蟹股《がにまた》の、うんと恥ずかしい姿でだからな」

「はっ……はい」

美しいアナウンサーは、ふらふらと立ち上がると、最愛の男を跨ぎ、ゆっくりと腰を落としていく。

「あああっ、恥ずかしい」

「恥ずかしく、チ×ポを入れる方が、水希は好きだろう」

「あああん、仰《おっしゃ》らないでくださいぃ……」

恋多き女が、過去付き合ったことのあるどんな男にも見せたことのない卑猥な姿で、最愛の男の剛直を飲み込んでいく。

「あああっっあああんんんん……、いいのぉ……」

自分の全ての体重が結合部にかかり、一番奥まで一気に刺激される。それが水希の興奮をさらに増す。あられもない姿で悲鳴を上げながらも、腰を上下に振るって、まさに牝としか言いようのない姿を皆に見せつける。

しかし、熟女たちは涎を垂らさんばかりの表情で見つめていた。

「水希さん素敵……」

かつて女性視聴者に嫌われていたという、どこか驕慢な表情は全くなかった。そこには、最愛の男の逸物に溺れることが一番の幸せであることを知った女の、臈長《ろうた》けた目のみがあった。

「博之さん、こんなエッチな水希を嫌いにならないでくださいね」

「何を言っているんだ、俺は、もっといやらしく踊っている水希が大好きなんだ」

「ああん……、あああん……、あひぃぃぃぃ……」

美人アナウンサーの蜜壺は、その端正な美貌にふさわしく、優美に男の野蛮な幹を柔らかく包み込んでいる。

不定期にカリや幹を締め上げるのが、男の気持ち良さを更に興奮につなげる。

「はあん……、あああああん……、もう、たまらないのぉ、水希イクぅ」

美熟女アナウンサーの巨乳が大きく上下に揺れ、黒髪が波打つ。ただ自分の愛欲にのみ溺れた水希が、涙を流しながら腰を動かしている。

「自分から、イクんだ」

博之が下から突き上げた。

「あぁっ、見ている、あたしもたまらないですぅ」

ひとりまだベッドには入れてもらっていない麻耶が、耐えきれなくなったように博之に唇を寄せてくる。

その潤ませた眼がいじらしい。

その表情を見ながらも、水希をイカせるのに、博之は余念がない。ついに美熟女アナウンサーは博之の上で絶頂を迎える。

「あぁっ、イクゥ……、イクッ、イクのぉ……」

身体を弓なりに反らして痙攣すると、水希は博之から転げ落ちるように突っ伏した。

「麻耶、最後はお前の番だ」

「ひーさま、お待ちしていました」

M字型に美脚を広げたインテリ美女は、泣き笑いの表情で博之を迎える。

「あたしをいっぱい犯して、気持ちよくしてください」

小柄だからこそ目立つ乳房が期待に震えている。

(俺は、七年前にさくらを知った時からずっと麻耶が好きだった……)

「あああん、いいのぉ」

可憐なバストトップをつまみ上げただけで、美人准教授はひときわ甲高く啼いた。

「お願いですぅ、ひーさま、早く来てぇ……」

あどけなく、それでいながら色っぽい仕草が愛くるしい。博之はたまらずに逸物を貫く。

「あああぁん」

その瞬間、麻耶は最高の甘い悲鳴で応えた。

博之の肉棒にその最高の膣肉が反応する。その悦びは最高の美を醸し出している。

三人の美女も腰を使っている博之にすがりついてくる。

「あああん、皆さん、麻耶のこの恥ずかしい姿を見てっ！」

麻耶も皆に自分をさらけ出している。

博之には今、この瞬間が最高だった。

博之は、この最高の時間が永遠に続けられるように全員を幸せにしてやると思いながら、腰を雄渾に使い続けていた……。


（了）

※本作品はフィクションです。作品内に登場する
団体、人物、地域等は実在のものとは関係ありません。

嫁《よめ》だめしの夜《よる》

〈書き下ろし長編官能小説〉

2020年1月21日初版第一刷発行

著者…………………………………………… 梶 怜紀

デザイン…………………………………………小林厚二

発行人……………………………………………後藤明信

発行所………………………………………株式会社竹書房

〒102-0072　東京都千代田区飯田橋2－7－3

電　話：03-3264-1576（代表）

03-3234-6301（編集）

竹書房ホームページ　http://www.takeshobo.co.jp

印刷所……………………………………中央精版印刷株式会社

定価はカバーに表示してあります。

乱丁・落丁の場合は当社までお問い合わせください。

ISBN978-4-8019-2142-9 C0193

好評既刊

長編官能小説
絶対やれるキャンプ場
杜山のずく　著

バイト青年はいきなり美女たちに誘惑される快楽の日々を…!?　湖畔のキャンプ場が淫らに染まるリゾートエロス。

660円＋税

長編官能小説〈新装版〉
よろめきお姉さんの男捨離
鷹澤フブキ　著

過去を吹っ切りたい女たちに誘惑される青年は、肉棒奉仕で快楽と踏ん切りをもたらす。女流作家の渾身ロマン。

660円＋税

次回刊行案内

書き下ろし長編官能小説
よくばり嫁の村（仮）
上原稜　著

俊英が描く、ハーレム田舎暮らし！
平成32年2月3日発売予定!!

青年が嫁いだ村は複婚ＯＫの破廉恥集落だった！

660円＋税